»Trotz des hohen Alters geht es mir immer wieder ums Anfangen und darum, zu vergessen, daß ich am Lebensrand stehe. Was ich meinen Altersgenossen sagen möchte, ist dies: ›Laßt uns zeitweilig überhören, wie uns die anderen, die noch mitten im Leben Stehenden, ständig an unsere gezählten Jahre erinnern.‹« Ehrlich, unsentimental und voller Humor erzählt Maria Simmen aus ihrem Alltag und möchte damit andere ermutigen, ihr Leben sinnvoll und aktiv zu gestalten. Anhand ihrer eigenen vielfältigen Aktivitäten zeigt sie, wie reich an Erfahrungen und Freuden das Leben im Alter sein kann.

Maria Simmen, geboren am 6. Juli 1900 in Luzern, studierte nach Abschluß des Lehrerinnenseminars Französisch und Psychologie in Genf und Zürich. Danach war sie sechs Jahre als Sekundarschullehrerin in Luzern tätig und wurde später Mitarbeiterin ihres Mannes. Sie schreibt Erzählungen (zuletzt ›Lebenslabyrinth‹, 1993) und Hörspiele und lebt in Luzern.

Maria Simmen

Ich bin ganz gerne alt

Aus der Fülle später Jahre

Deutscher Taschenbuch Verlag

Von Maria Simmen
ist im Deutschen Taschenbuch Verlag erschienen:
So alt und noch mitten im Leben (25109)

Allen treuen Freunden meines Alters

Ungekürzte Ausgabe
September 1994
3. Auflage Februar 1997
Deutscher Taschenbuch Verlag GmbH & Co. KG,
München

Umschlagkonzept: Balk & Brumshagen
Umschlagbild: Rotraut Susanne Berner
Satz: IBV Satz- und Datentechnik GmbH, Berlin
Druck und Bindung: C. H. Beck'sche Buchdruckerei,
Nördlingen
Gedruckt auf säurefreiem, chlorfrei gebleichtem Papier
Printed in Germany · ISBN 3-423-25091-7

Inhalt

Vorwort

Schreiben, um gelesen zu werden, ist das im Grunde nicht Anmaßung? Zumal wenn es um Persönliches wie ein Tagebuch geht?

Ein Freund, dem ich ein paar Blätter aus meinem Alterstagebuch zu lesen gab, riet mir, es zu veröffentlichen. Er meinte: »Was hier ausgesagt ist, könnte anderen alten Menschen zugute kommen.«

Ich zweifelte: Da ich weder weise noch abgeklärt genug bin, dürfte ich mein Altersdasein gar nicht als vorbildlich hinstellen. Ich bin zudem nicht besonders starkmütig und sehr oft zweiflerisch. Wem sollte das schon helfen?

Der Freund redete mir jedoch ein: »Manch einer faßt mehr Mut, wenn er von einem andern vernimmt, daß auch er es nicht leicht hat, alt und immer älter zu werden, und doch aus dem Verbleibenden das Beste zu machen versucht. Und das tust du doch!«

Tu ich's? Ich bemühe mich jedenfalls. Vielleicht zeige ich mich in diesen Aufzeichnungen eher von der tapferen Seite. Ich habe ja bei weitem nicht alles hergegeben, was ich in meinem Tagebuch schrieb. Es wurde nach einer Auswahl gekürzt.

Was ich hier über mein Alt- und Älterwerden mitteile, ist aus meinem Grundwesen heraus geschrieben. Vieles habe ich so ehrlich wie möglich ausgesprochen und mehr noch zu erraten gegeben. Manches werden nur jene vernehmen, die es ähnlich erlebten. Sie werden unter anderem herauslesen, daß es mir trotz des hohen Alters, trotz des nahen Endziels, immer wieder ums Anfangen geht. Und auch darum, zu vergessen, daß ich am Lebensrand stehe. Was ich meinen Altersgenossen sagen möchte, ist dies: »Laßt uns zeitweilig überhören, wie uns die anderen, die noch mitten im Leben Stehenden, ständig an unsere gezählten Jahre erinnern, uns keine Hoffnung lassen und uns täglich mehr oder weniger wohlwollend zeigen, daß sie uns als ›die anderen‹ sehen. Sie schreiben auch ein bißchen zu oft über uns, daß wir ihre große Not sind. Dem können wir leider nicht entrinnen.«

Wenn ich mich recht entsinne, ist es C. G. Jung, der gesagt hat, das Unbewußte kenne keine Zeit. Es ist tatsächlich etwas in uns, was kein Altwerden kennt, und sei es uns nur im Traum gegeben. Aber selbst in der täglichen Hingabe an das Leben gibt es der Zustände genug, wo das Wissen um die Last des Alters flieht, wenn auch für kurze Zeit. Jeder erlebt es in irgendeiner Weise. Mir fällt es vor allem im Schreiben zu. Träumen und zugleich handelnd voll leben: daß dies doch jedem gegeben wäre bis an die Grenze, die ihn dem Zeitlichen entrückt.

Lesen

Ich möchte lesen und lesen. Es ist eines der wenigen Abenteuer, die dem Alter verbleiben. Doch da ist ein Organ, das mir Mäßigung auferlegt. Die Augen werden müde, kurzsichtiger. Der Arzt hat mir schon vor vielen Jahren gesagt, wie meine Netzhaut aussieht: Dünne, blutarme Äderchen durchziehen sie, und es gibt kein Mittel, das Übel zu beheben. Jemand hat mir die »Kerze« empfohlen. Ich turne zwar jeden Morgen, aber die »Kerze« bringe ich nicht mehr zustande.

Es sind aber nicht nur die Augen, es ist auch die Zeit, die mich zur Zurückhaltung im Lesen zwingt. Sie wird immer kostbarer, wenn das Zeit-Ende sich nähert. Ich bin ein richtiger Zeit-Geizhals geworden. Fortwährend bedrängt mich die Frage: Wozu soll ich die kurze, mir noch verbleibende Zeit am besten sinnvoll verwenden? Ich habe mir einen Maßstab für mein Tun zurechtgezimmert, ihn nach Dringlichkeiten eingeteilt. Wenn ich ihm folge, gehört meine Zeit zuerst meinen Allernächsten, sofern sie verlangt wird oder auch sonst von Nutzen sein kann. Einen Teil meiner Zeit behalte ich mir vor für geistige Beschäftigungen, deren ich bedarf. Was davon übrigbleibt, gilt dem Kontakt mit Menschen der hinteren Nächstenreihe. Den brauche ich auch.

Aber die Zeit entzieht sich solchen theoretischen Einteilungen nur allzu gern. Der tägliche Ablauf der häuslichen Verrichtungen, zahlreiche Besorgungen, selbst Vergnügen und Entspannung fordern gebieterisch ihren Anteil. Unter solchen Bedingungen ist das Lesen nur mit einem Kunstgriff unterzubringen. Also lesen dort, wo es möglich ist: beim Essen, im Bus, im Wartezimmer, in der Eisenbahn. Zur frühen Morgenstunde lasse ich mir lesend gerne den Geist anregen wie den Körper durch eine belebend kühle Dusche.

Ich lese Gestriges und Heutiges. Die Wahl fällt mir oft schwer. Jene, die vor unserer Zeit schrieben, was haben sie vom Leben gehalten? Wie es bestanden? Wieviel tausend Stimmungen längst verflossenen Seins habe ich im Widerschein ihrer Persönlichkeiten schon erlebt! Wie mancher hat mir aus der Vergangenheit herüber die Hand gereicht! Aber so alt ich bin, so bin ich doch ein Kind meiner Zeit. Also verspüre ich auch den Drang und die Lust, Gegenwarts- und Zukunftskünder anzuhören.

In meiner Jugendzeit pflegte man mir zu predigen: »Du liest zu viel! Lesen wird leicht zur Sucht.«

Sucht? Hat es mit »suchen« zu tun? Ich will es gelten lassen. Ich suchte also lesend und suche immer noch die Begegnung mit der Gedankenwelt anderer. Es ist dieses unablässige Suchen nach dem andern Menschen, dem Verwandten im andern.

Es gab Zeiten, in denen ich wenig las. Da las ich unmittelbar im Leben. Damals ereignete sich die Begegnung mit den Mitmenschen in lebendiger Fülle, ja fast in Überfülle. Heute ist sie mir Vergangenheit, diese Sättigung an anderen. Darum lese ich. Es bewahrt mich vor dem Verarmen im Alter.

Sonntagmorgen-Gedanken

Seit drei Uhr früh bin ich wach. Der Herbststurm hat mich geweckt und läßt mich nicht mehr schlafen. Ich besinne mich, daß es Sonntag ist. Der Tag, an dem ich tun darf, was mir beliebt. Während der Woche habe ich mich genug verausgabt an ein Programm oder an das, was gerade an mich herankam. Beliebiges, Unbeliebiges – kunterbunt.

Ich habe eine Haß-Liebe zum Sonntag. Er ist mir willkommen, weil er mir Gelegenheit gibt, einmal ich selbst zu sein. Im Widerspruch dazu verabscheue ich ihn, weil niemand mich beansprucht. Ich mag ihn nicht als den Tag der aufgezwungenen Einsamkeit. Habe ich denn früher nie vorausgesehen, wie allein man am Sonntag sein kann? Damals, als mein Leben so gezimmert war, daß das Alleinsein keinen Platz darin hatte?

Nicht allein sein? Was bedeutet es eigentlich? Es steht mir ja frei, Besuche zu empfangen, an Freunde zu schreiben oder schreibend bei ihnen zu weilen. Da und dort sind etliche, die sich freuen würden, wenn ich sie aufsuchte. Nein, ich bräuchte wirklich nicht allein zu sein.

Ich spüre aber immer noch den Nachgeschmack jenes sonntäglichen *Nicht*alleinseins in mir: Jemand ist ständig um mich, mit den Augen erkennbar, mit der Stimme erreichbar. Jedes Ding teile ich mit dem andern, ist für ihn ebenso da wie für mich: Tür, Fenster, Uhr, Thermometer, Wasserhahn, Luft, Licht, Zeit. Ist der andere für eine Stunde oder länger weggegangen, ist er doch nicht für immer fort, er kommt wieder. Ich darf seine Heimkehr erwarten und mich darauf freuen. Er ist da, auch wenn er fort ist, er will bei mir »da-sein«, er muß bei mir »da-sein«. Und ich bin für ihn da, ich will bei ihm sein, ich muß bei ihm sein.

Jetzt aber bin ich auf mich allein gestellt. In der Erregung oder Traurigkeit kann ich nur mit mir selbst sprechen oder mit jenen, die mich nicht mehr hören. Ängste muß ich allein bewältigen. Es ist auch keiner da, auf dessen Ängste und Kümmernisse ich achten muß, und keiner, dem ich die Freude vom Gesicht ablesen kann. Deshalb fühle ich mich am Sonntag mit den Geistern der Verstorbenen mehr verbunden als an jedem Tag der Woche.

Wenn solche Stimmungen die Neigung haben, sich bei mir häuslich niederzulassen, dann warte ich auf den Anruf der Tochter: »Was hast du heute vor? Kommst du zu uns? Wir sind zu Hause.« Nein, ich darf das nicht mißbrauchen. Es ginge gegen das Gesetz der Geburt, das für jede Mutter zweimal waltet: Es heißt Loslösung. Kinder haben und Enkel, das ist, wie wenn man einen Stein ins Wasser geworfen hat. Die Kreise, die am Anfang Mitte waren, breiten sich immer weiter aus, immer weiter von dir weg, bis sie fast nicht mehr zu sehen sind.

Gerade am Sonntag bin ich anfällig für Familienbesitzgier. Für dieses heftige Vereintseinwollen, für dieses ganz nahe Zugehörenwollen zu den Geschöpfen, denen ich mich immer noch leiblich verbunden fühle. Ich frage mich, inwieweit das normal und statthaft ist. »Relikte einer falschen Erziehung und Gewöhnung!« würden gewisse Gesellschaftserneuerer mir zurufen, vielleicht aus dem Neid der Nie-Geborgenen heraus? Ich für meinen Teil zehre davon, daß ich sie einmal besessen habe, diese Geborgenheit im anderen. Wenn sie auch entflohen ist, ihr Widerschein ist nicht verblaßt. Mit diesem fernen Schimmer muß ich mich begnügen und mit der neuen Freiheit. Mit dieser lockeren, leeren Freiheit, die man nur gegen bindende Zugehörigkeit eintauscht. In der verbindenden Liebe ist man niemals frei. Wenn einer das meint, dann gibt er der

Liebe einen falschen Namen. Damit muß man sich abfinden. Ich habe mich sicher nicht immer so gut damit abgefunden, wie es mir im Rückblick scheint. Jetzt aber habe ich mich abzufinden mit der von Zugehörigkeit unbelasteten Freiheit. Viele, so viele müssen es mit mir. Uns verbleibt es, Sonntage nach Lust und Laune zu gestalten. Es gibt Dinge genug, die sich anbieten: Bücher, Theater, Museen, Kino, Radio, Fernsehen. Es gibt sogar Menschen, die sich zur unverbindlichen Gelegenheitsliebe gerne zur Verfügung stellen. Aber nie mehr ist es die – fast hätte ich gesagt die *wunderbare* – eng verbindende und doch so schwierige Liebe, die an die Freiheit geht, aber erst dadurch sättigt.

An Mutters Stelle

Dreieinhalb Tage habe ich in »Kastanienbaum«, einem Vorort Luzerns, bei meinen Enkelkindern verbracht, um während der Abwesenheit ihrer Eltern für sie zu sorgen. Schön, daß meine Kinder mir das zutrauen – bei meinem Alter. Immerhin bin ich gestern ziemlich erschöpft heimgekommen. Aber ich habe wieder einmal gespürt, was es heißt, Hausfrau und Mutter zu sein. Ganz bewußt habe ich sie erlebt, die mühseligen, schönen Tage, und sie mir als *Erfahrung* wiederum einverleibt.

Obwohl es nur zwei Kinder sind – ein Erstkläßler und ein zweieinhalbjähriges Mädchen –, haben sie mich doch angespannt, beansprucht von morgens früh bis abends spät. Bücken, Tragen, Springen, Sichwenden, Planen, Zeit einteilen, Raten, Helfen, Trösten ohne Unterlaß. Ein »Vita Parcours« durch Tage, der mich allerdings von der Selbstbezogenheit der Alleinlebenden entkrampft hat. Wie anders spielt sich das hier doch ab: Jede Faser wird durchblutet, das Denken streng diszipliniert. Keine Zeit zu müßigem Fragen, was zu tun sei. Es drängt sich von selbst auf, stößt und reißt dich von Werk zu Werk. Lesen verbietet sich, sogar die Zeitung bleibt tagelang im Briefkasten stecken. Ich kann nicht einmal mehr an meinen eiternden Finger denken, ich spüre ihn bloß beim Knöpfeschließen, was fast jede Stunde vorkommt. Dann entfährt mir wohl manchmal ein Seufzer, und Meite weiß bereits, was er bedeutet. Jedesmal faßt sie dann nach dem bösen Zeigefinger und sagt mit lieblicher Stimme »Bobo!« Sie ist schon so weiblich gestimmt, meine kleine Meite, »meine süße, kleine Musik«, wie ich sie manchmal auch nenne.

Dieses Kind kann mich irremachen an der neuen These der Begabungsgleichheit weiblicher und männlicher Geschöpfe. Ich glaube, ich habe ihr voreilig zugestimmt, als ein Bundesrat neulich den Ausspruch tat: »Es gibt keine männliche und weibliche Intelligenz, es gibt nur eine menschliche Intelligenz.« Ich weiß nicht mehr, ob Sie recht haben, Herr Bundesrat! Bei der Beobachtung meiner kleinen Enkelin scheint mir das intelligente Verhalten doch vom Geschlecht her beeinflußt, wenn auch nicht in dem Maße, wie man es bisher gelten lassen wollte. Diese Kleine ist in ihrem ganzen Gebaren so durch und durch weiblich, so anders als meine Knaben-Enkel es waren. Schon, wie sie inmitten lauter mechanischem und technischem Spielzeug spontan zur Puppe greift, stundenlang mir ihr und ihren Kleidern spielt, sie bettet, an- und auszieht. Autos, Krane, Maschinen bleiben unbeachtet, obwohl weder Verlockung noch Ermunterung zur Puppe stattgefunden hat. Die Umgebung ist eher auf die anderen Dinge ausgerichtet. Das Mädchen sieht den Bruder basteln, mit Flugzeug und Eisenbahn spielen, sich mit dem Autopark beschäftigen. Eine Puppe, Abbild Mensch, ist nur zufällig da. Sollte Meite ein ganz bestimmtes Einzelwesen sein mit einer ganz individuellen Veranlagung? Auf jeden Fall macht mich ihr Verhalten stutzig, allzu radikalen neuen Einsichten über Weibliches und Männliches gegenüber vorsichtig. Ich frage mich, was die Biologie morgen und übermorgen dazu sagen wird. Sinnend schaue ich dem kleinen Geschöpf beim Spielen zu. Wenn ich etwas für sie wünschen könnte? Wohin zielte es? In jenes Menschliche, das ihr am meisten Glücksmöglichkeiten bietet, natürlich. Ich hebe Meite auf und schließe sie mitsamt ihrer Puppe fest in die Arme.

Eine andere, im Familienkreis stets wiederkehrende Erfahrung: Immer wieder tritt Unvorhergesehenes ein. Ablauf nach Planung ist einfach Utopie. Da hat man alles, wie man meint, aufs beste vorbereitet. Der Erstkläßler hat die Aufgaben gemacht, seinen Apfel gegessen und bekommt die Erlaubnis, noch ein Stündchen ins Freie zu gehen mit der Warnung: »Nur, bis es dunkel wird!« Noch bevor die Stunde verstrichen ist, bringen ihn Spielkameraden heim, mit Dreck beschmiert und naß bis an die Hüften, nein, bis an den Hals. Er sei auf dem nahen Bauplatz in den Grundwassersumpf geraten, habe sich fast nicht mehr heraushelfen können. »Einen Stiefel habe ich im Morast verloren, bin aber immer wieder neu eingesunken, bis mich der Stephan herausgezogen hat!« schildert er selbst. Sofort ins Bad mit dem Pechvogel. Wohin mit den Kleidern, dem Stiefel, die überall Schlamm hinterlassen? Ausgerechnet jetzt muß die Kleine dringend aufs Töpfchen. Das warme Wasser im Badeboiler ist ausgegangen, ehe der Bub ganz gesäubert ist. Ich komme im ungewohnten Haushalt mit der Reinigung der Kleider nicht zurecht. Darf ich diese Gewebe der Waschmaschine überlassen? Werde ich das fremde Modell richtig bedienen? Darf ich die Kleine mit in die kalte Waschküche hinunternehmen? Wo sind die Waschmittel? Gerade die hat mir die Schwiegertochter nicht gezeigt. Daß sie draußen in der Laube sind, errate ich in der Aufregung nicht. Bin ich so unpraktisch geworden? Ist es das Alter? Oder war ich überhaupt je das, was man eine perfekte, allen Tücken des Haushalts gewachsene Frau nennen darf?

Auf jeden Fall bin ich jetzt solchen Ereignissen bei weitem nicht gewachsen. Ich spüre, wie mich Minderwertigkeitsgefühle überfallen, wie mir die Erregung in die Stimme steigt. Ich bin auf einmal nicht mehr die sanfte, verständige Großmutter, ich kanzle den armen Jungen ab: »Konntest du nicht vernünftiger sein?« Nein, er konnte es nicht. Er geriet, ohne es zu wollen und zu wissen, in den Morast, genau wie ich jetzt in die planwidrige Unbill. Zu all dem habe ich ein schlechtes Gewissen. Wenn der zarte Bub sich nun erkältet hat? Bin ich zu wenig vorsichtig gewesen? Hätte ich den Knaben nach der Schule nicht aus dem Haus lassen sollen? Aber nein, seine Mutter hat es mir ja schwarz auf weiß hinterlassen, daß er nach den Aufgaben noch zu seinen Spielkameraden gehen darf. Der Zettel liegt ja noch auf der Brotbüchse. Zu seinen Spielkameraden, jawohl, aber in den Morast? Gewissen und Selbstprüfung lassen sich nach lebenslanger Angewohnheit, darauf zu hören, nicht so rasch besänftigen. In meiner moralischen und konkreten Notlage ringe ich mich zu etwas durch, was meinem fünfundsiebzigjährigen Stolz sehr zusetzt. Ich rufe meine Tochter an, bitte sie um Hilfe. Sie zeigt sich wieder einmal als die Allzeitbereite. Ja, ich glaube tatsächlich, daß sie es bei den Pfadfinderinnen gelernt hat. Nach einer Viertelstunde schon sehe ich durchs Küchenfenster mit Erleichterung ihren roten Kleinwagen an den Straßenrand gleiten. Kurz darauf steht sie vor uns, lächelnd, blickt auf die versandeten, mit Sumpfwasser durchtränkten Kleider, hebt sie musternd aus der Badewanne. »Ich nehme sie mit in meine große Waschmaschine. Unsere Dänin wird sie bügeln, in einer Woche sind sie wie neu.« In solchen Mißgeschicken bewandert, legt sie energisch Hand an, findet Kübel und Plastiksäcke. Vor lauter Nichtigkeitsgefühl bringe ich nur linkische Hilfe zustande.

Wir kleiden den gebadeten Moortaucher frisch ein. Sie läßt sich von ihm – er hat sein Selbstbewußtsein längst wieder gewonnen – alles nochmals genau erzählen, weiß zu berichten, daß es ihr im selben Alter einmal ganz ähnlich ergangen ist. Sie füttert die Kleine beim Abendessen, und alsbald kehrt die friedliche Stimmung zurück.

Aber in der Nacht hustet der Knabe. Er neigt zu Kruppanfällen. Ich bekomme es mit der Angst, zähle die Hustenpausen. Sie werden nicht kürzer. Im Nachthemd suche ich die Mixtur in der Hausapotheke, finde sie, rufe das trotz des Hustens tief schlafende Kind an, bis es sich aufrichtet und den dickflüssigen Sirup in gehorsamer Reaktion schluckt. Dann schlüpfe ich wieder auf mein ungewohntes Couch-Lager, horche, immer noch zählend. Gott sei Dank, der Husten legt sich. Aber der Schlaf will nicht mehr kommen. Es ist weniger das Nachzittern des Sumpfbaderlebnisses als die Angst, der Knabe könnte mir krank werden. Wie oft habe ich dieses Bangen früher mitgemacht, beim eigenen Söhnchen, jahrelang. Dieses kummervolle Wachen, dieses Horchen und Warten auf ruhigen Atem und dieses Zählen der Abstände zwischen den Hustenstößen. Der Enkel hat die Anfälligkeit für »falschen Krupp« vom Vater geerbt. Es ist ein ungemein beängstigendes Übel und nicht ungefährlich. Die Schleimhäute der Luftröhre quellen auf, Atemnot stellt sich ein. Kann man es je vergessen, wenn ein Knäblein in seiner Not, keinen Atem mehr zu bekommen, hervorstößt: »Zugenäht!« und mit angsterfüllten Augen nach der Kehle greift?

Wie viele Ängste um das Leben seiner Lieben gibt es in einem langen Leben auszustehen! Sie sind qualvoller als schlimmste Schmerzen. In der eigenen Pein weißt du: Wenn dein eigener Leib zugrunde gehen sollte, geht dein Wissen um ihn auch dahin. Wenn aber einem geliebten Menschen Lebensgefahr droht, fühlst du den Zustand voraus, in dem du *ohne ihn* weiterleben müßtest. Das verdoppelt die Not.

In dieser Nacht in »Kastanienbaum«, in dieser unbarmherzig stillen Nacht, die nur durch das Husten des Kindes erschüttert wird, überfallen mich alle diese erlebten Ängste, denn immer noch stehen sie in Bereitschaft in mir, seit ich vor langer Zeit habe zusehen müssen, wie ein geliebter Mensch den Erstickungstod erlitt.

Am nächsten Tag hustet Martin nicht mehr. Dies bewirkt, daß ich trotz der schlaflos verbrachten Nacht glücklich und voller Tatkraft den neuen Tag beginne.

Immer noch bin ich in »Kastanienbaum«, Ort einer unglaublichen Stille. Ich muß sie in Worten festhalten. Es ist morgens sieben Uhr. Ich trete in die Laube hinaus. Jetzt, im November ist es so still, daß ich beinahe darüber erschrecke. Kein Laut ist zu vernehmen. Plötzlich fängt die Kirchenglocke an zu läuten und verkündet damit, daß es neben der im Schlummer liegenden Natur doch noch etwas anderes gibt. Nachdem sie verklungen ist, sauge ich die Stille in mich hinein wie etwas Heilendes, halte sie fest, glaube Ewigkeit zu spüren. Auf einmal krächzt ein Vogel über mir. Auf dieses zweite Lautzeichen hin begebe ich mich an mein Tagewerk.

Auch tagsüber herrscht hier sonntägliche Ruhe. Ich tripple mit Meite stille Wege, zwischen Gärten und Parks hindurch. Herrschaftlich ruhen Villen hinter Drahtgittern und dichten Hecken, die meisten von Hunden bewacht. Sie bellen uns böse zu.

Wehe, wenn der Neid hier spazierengeht. Er sieht nur den Reichtum. Ich weiß wenig von den Bewohnern, nur Oberflächliches, aber genug, um meiner Phantasie das Ausdenken menschlicher Unbill und Tragödien nicht zu ersparen. Warum ist hier so wenig Glück zu Hause? Hat es das Glück inmitten der in üppige Schönheit gebetteten Heimstätten schwerer als anderswo?

So erlabend die Natur für mich wäre, ich möchte nicht hier wohnen. Für alte Leute, die nicht Auto fahren, ist es nicht bequem. Die Verbindung zur gleichfalls notwendigen anderen Welt ist schwierig. Es gibt nur einen einzigen Lebensmittelladen, die Post ist ziemlich weit entfernt. Selbst die Nachbarn leben in Abstand zueinander und sind in dieser exklusiven Gegend nicht kontaktfreudiger als die Bewohner eines Hochhauses. Nein, ich möchte nicht abgeschnitten sein vom lebendigen, nahen Treiben der Menschen, so sehr ich die mit Ruhe und Schönheit gesättigte Natur auch liebe. Ich will jederzeit den Bus besteigen können, wann immer ich Lust habe zu Freunden fahren, zur Bibliothek, ins Kino, zu Einkäufen. Ich habe es auch gern, wenn man mich aufsucht. Wer käme schon rasch einmal nach »Kastanienbaum« aus dem Bedürfnis heraus, sich bei mir auszusprechen, sich bei mir einen Dienst zu erbitten oder gar, um sich von mir unterrichten zu lassen?

Kaum bin ich heimgekehrt, noch in Hut und Mantel und gerade im Begriff, mich aus dem lebendigen Betrieb der Kinderstube wieder ins lose Alleinsein zu gewöhnen, schon klingelt es. Eine Frau steht vor der Tür, Mutter eines Schülers, dem ich Nachhilfestunden in Französisch gebe. Als sie mich damals um diesen Gefallen bat, wollte ich zuerst abwehren. Mein Programm war genug belastet. Aber der Frau standen Tränen in den Augen, sie berichtete von gesundheitlichen Sorgen in der Familie. Ich verstand. Eine so zarte, überbelastete Frau kann sich kaum noch gründlich genug um den schulischen Fortschritt des Sohnes bemühen. So wog ich Selbsterhaltung gegen Nächstenliebe ab und sagte zu. Meine Selbsterhaltung nahm keinen Schaden, meistens geht man zu ängstlich mit ihr um. Der Junge aber holte allmählich auf. Es ist ja immer dasselbe: Sobald jemand mit Geduld unablässig zu schmieren weiß, wo es hapert, geht es plötzlich glatt. Der Junge begann mich zu interessieren; er war intelligent, originell bis hinein in seine bloß verhockten sprachlichen Schwierigkeiten. Und nun verkündet mir seine Mutter: »Der Lehrer hat seine Fortschritte gelobt. Der Arzt, der den Jungen betreut, hat gesagt, die Stunden hätten Wunder gewirkt, sein Selbstbewußtsein zu heben vermocht.«

Wie froh bin ich in diesem Augenblick, nicht in einer abgesonderten Schönheit, wie »Kastanienbaum« sie bietet, leben zu müssen. Die Wirkung, die ich gezeitigt habe, wirkt auf mich zurück, animiert mich, hebt auch mein Selbstbewußtsein, läßt mich meiner Umgebung froh werden, nahe von Menschen, die meiner bedürfen.

Selbsterhaltungstrieb

Eine von Zeit zu Zeit wiederkehrende Frage an mich selbst: Ist der Selbsterhaltungstrieb in meinem Alter gerechtfertigt? Die menschenüberfüllte Welt! Die vielen »unproduktiven« Alten!

Gestern habe ich mich auf Anraten des Arztes gegen Grippe impfen lassen. Warum nicht einer gnädigen Grippe-Lungenentzündung freies Spiel lassen? Mein Großvater starb daran mit siebzig Jahren, noch mitten in der »Produktivität«. Er starb ungern. Bin ich ängstlich um mein Leben? Eigentlich nicht. Jeder hat Augenblicke, in denen er den Tod nicht ungern sähe. Noch sind sie selten bei mir. Solange meine Tage noch so angereichert sind mit Erleben, möchte ich das Leben nicht gerne hergeben. In Simone de Beauvoirs deprimierendem Buch über ›Das Alter‹ habe ich gelesen: »La vieillesse ce n'est rien que le déclin de l'intérêt.« (Das Alter ist nichts anderes als der Zerfall des Interesses.) Wenn das wahr ist, dann hätte *ich* noch keinen Anteil am Alter. Doch da sind die anderen, die dies zu bestimmen haben. Wieviel Interesse haben *sie* noch an meiner Existenz? Das kann sich wohl jeder fragen, auch ein Jüngerer. Die harte Antwort darauf lautet: Keiner ist unersetzlich.

Meine vor wenigen Jahren verstorbene Freundin, um etliches jünger als ich, sprach angesichts ihres nahen Todes: »Vergiß nie, man ist ja nur ein Stäubchen.«

Das tapfere »Stäubchen« pflegte bis zum Ende ihre schöne Erscheinung. Noch am letzten Lebenstag waren die Fingernägel an der schon todgelb und schlaff herabhängenden Hand rot gefärbt. Als jemand aus dem Familienkreis diese Hand klagend streicheln wollte, fuhr die sich Verflüchtende plötzlich mit fester Stimme auf: »Schweig!« Kurz darauf entschwand das »Stäubchen«.

War sie wirklich ein ersetzliches Stäubchen, wie sie mir einzuhämmern pflegte? Für mich nicht. Immer wieder hole ich sie mir in ihrer Einmaligkeit zurück. Ich vermisse sie sehr in ihrer Lebhaftigkeit.

Aber ich bin mir auch bewußt, wie in der Sicht der Menschen durch Siechtum und körperlichen Zerfall die Werte der Einmaligkeit überwuchert werden. Hier nimmt die Ersetzbarkeit ihren Anfang. In der Schwäche müssen wir sie erkennen lernen, wenn wir sie nicht schon vorher erkannt haben. Hier beginnt das Stadium der Demut oder der

Heldenhaftigkeit. Mir liegt beides nicht, und dahinter steckt wohl, wenn ich mich nicht täusche, der Grund für meinen Selbsterhaltungstrieb. Es ist nicht bloß Rücksicht auf die anderen, daß ich im Zerfall niemanden zur Last fallen möchte – es ist noch viel mehr die Angst davor.

Von ärztlicher Seite habe ich gehört, der Mensch sei so alt wie seine Gefäße. Was weiß ich von meinen Gefäßen! So gut wie nichts, mit einer Ausnahme, denjenigen meiner Augen. Trotzdem gebrauche ich meine Augen ohne Unterlaß, als ob nichts mit ihnen wäre, zum Lesen, Schreiben, Film- und Fernsehen. Sogar nachts bei künstlichem Licht. Könnte es sich einmal rächen? Und dann? Was würde ich als Blinde aus meinem Leben machen? Ich wage es nicht auszudenken. Äußerste Abhängigkeit von andern! Nur noch auf Mitleid angewiesen sein!

Eine Episode aus meiner Jugend fällt mir ein. Als ich in der Fremde war, lebte in derselben Pension ein blinder Student, ein aus Rußland vertriebener Auslandsschweizer. Man erzählte sich, er sei von den Bolschewisten geblendet worden. Ich wagte nie, in seine blinden Augen zu sehen.

Die Pensionsmutter nahm sich seiner gütig an. Trotzdem saß er stundenlang still und untätig in seinem Zimmer. Ich hatte Mitleid mit ihm und bot an, ihm vorzulesen. Wie ich mich erinnere, las ich Anatole France. Durch einen kleinen, runden Tisch getrennt, saßen wir uns gegenüber. Eines Tages bemerkte ich, daß er heftig zitterte. Das wiederholte sich in jeder Vorlesestunde. Sollte ihn meine Gegenwart, meine junge Stimme erregen? Er wurde mir unheimlich. Ich konnte ihm nicht helfen, und unter einem Vorwand blieb ich aus. Später bezog der junge Mann ein Zimmer bei einer älteren Lehrerin. Sie heirateten kurze Zeit später und sind, soviel ich hörte, ein glückliches Paar geworden. Selten war ich so froh über eine Nachricht wie über diese.

Dieser einzige Kontakt mit Blinden in meinem Leben hat eine vitale Angst vor diesem Gebrechen in mir ausgelöst. Und ich bin sicher: Mit meinem Augenlicht würde mir der Mut zum Leben erlöschen. Alle Blinden, die sich in ihr Schicksal ergeben, sind für mich Helden. Warum gehe ich, solange ich sehe, nicht hin zu Blinden und helfe ihnen, indem ich ihr Auge bin?

Messer in Kinderhand

Martin wünscht sich zum Geburtstag ein Taschenmesser. Wir suchen zu dritt – sein Schwesterchen Meite ist auch dabei – ein Spezialgeschäft auf. Er hätte gern ein Messer mit sechzehn Klingen, erklärt er der Verkäuferin. (Unter Klingen versteht er wahrscheinlich auch die verschiedenen Instrumente.)

»Solche führen wir nicht«, bedauert sie.

Der Bub beharrt: »Aber das gibt es doch!«

Sie muß schließlich zustimmen, gibt jedoch zu bedenken, daß sich bereits zwölfteilige Taschenmesser als unhandlich für Kinder erweisen. Sie legt verschiedene Messer auf den Ladentisch, vom klobigen mit breitem Fletschgebiß zwischen den Deckeln bis zum schmalen, eleganten. Die zerbrechlich feine Kinderhand greift nach dem gröbsten.

»Wie viele Klingen hat es?«

»Zwölf. Es ist aber eher ein Militärmesser.«

Sie muß alle öffnen, bis das Messer aussieht wie ein Untier. Der Bub wägt es in der Hand, betrachtet es kritisch von allen Seiten, klemmt kunstgerecht einen Bestandteil nach dem andern wieder ein, benennt jeden richtig: Schere, Ahle, Korkenzieher, Büchsenöffner, Feile, Schraubenzieher und so weiter.

Die Verkäuferin, verblüfft von seiner Sachkenntnis, fragt, wie alt er denn sei. »Erstkläßler, aha!«

Sie hat ihn, da er klein und zart ist, für jünger gehalten. Ich selbst, die ich wenig von Taschenmessern verstehe, kann mich nur wundern, wie kundig und geschickt er jedes einzelne prüft. Durch ihn bekommt das Ding plötzlich die Bedeutung eines differenzierten Instruments. Einen Augenblick lang sehe ich es als Waffe in seiner Hand. Er könnte es im Spiel mit Kameraden öffnen – vielleicht auch im Streit – oder vor dem Schwesterchen unvorsichtig damit umgehen. Nein, das wird er nicht tun. »Du kannst beruhigt sein!« versichert er altklug.

Endlich hat er alle vorgelegten Exemplare geprüft, alle mehrmals ausgezogen und wieder eingeklappt. Die Wahl ist fällig. Er zögert immer noch. Die Verkäuferin scheint ihn nur zu stören mit ihrer Beratung. Da ich, wenn möglich, nach dem Wunschbild schenke, flüstere ich ihm zu: »Nimm das, welches dir am besten gefällt!«

Unnötiger Rat. Er läßt sich von keiner Seite beeinflussen. Er weiß selbst, was er will. Endlich kommt es dann bestimmt: »Das da!«

Es ist eine vernünftige Wahl. Ein Messer mit neun Teilen, ein besonders massives von bester Qualität, wie die Verkäuferin rühmt. Auch der Preis verrät es. Außerdem enthält es eine Besonderheit: eine winzige Lupe. Die klemmt er nochmals heraus und betrachtet, sich tief darüber beugend, die Hautzellen seiner Hand.

Kein Zweifel, er ist befriedigt. Er läßt sich das Messer, das nun sein Eigentum ist, einpacken, samt dem Sicherungskettchen, das wir vorsichtshalber hinzu erstanden haben. Auf dem Heimweg sagt er spontan: »Ich danke dir vielvielmals!« Es ist schön, ein Kind für eine Weile glücklich zu machen. Ich weiß, wie wenig leicht es Kinder haben – nie hatten – und, ich fürchte, auch nie haben werden.

Bei mir zu Hause geht Martin sofort daran, das Messer auszuprobieren. Ich bin ein bißchen besorgt, denn eine kleine Episode von früher kommt mir in den Sinn: Martins Vater durfte einmal – er war im selben Alter wie jetzt sein Söhnchen – einem Schulkameraden, einem Flüchtlingskind, vor dessen Rückkehr in die Heimat ein Taschenmesser schenken. Anderntags traf ich die Frau, die den kleinen Jakob die ganze Kriegszeit hindurch in Pflege hatte. Vorwurfsvoll sprach sie mich an: »Ihr Geschenk ist mir sehr zum Schaden geworden. Jakob hat damit am Eßzimmertisch herumgeschnitzelt und ihn mir ganz verdorben!« – Jakob, der superintelligente Bub? Jakobs Vater war Diamantschleifer in Belgien. Hatte das Messer Ererbtes in dem Büblein geweckt? Oder gab es da andere Zusammenhänge? Messer – Waffe – Flucht – Krieg? War das Kind zum Zerstören gedrängt worden, weil es so viel von Zerstörung wußte?

Ich schiele nach Martin. Was der gescheite Jakob anrichtete, wird er es vermeiden können?

Ich habe ihn unterschätzt. Die ersten Versuche mit seinem Messer verlaufen ganz anders, sogar zu meinem Vorteil. Der Bub zieht mir mit dem neuen Schraubenzieher sämtliche wackligen Schrauben in Küche und Haus nach. Anerkennenswerte Arbeit des kleinen Handwerkers! Er flickt mir einen Küchenstuhl, der als Behälter für Schuhputzzeug dient. Geschickt beschlägt er den wackligen Boden neu mit Nägeln, nachdem er die alten lockeren sorgfältig entfernt hat. Sein Schwesterchen und ich schauen bewundernd zu. Zwischendurch eile ich, noch mehr gebrechlichen Hausrat für den Beflissenen zu suchen.

Keine Zeit mehr zum Nachdenken über Jakob! Keine Zeit für bleischwere Gedankengänge: Wenn ein Kind deines Blutes sich zur Kriegszeit in der Fremde mit einem Taschenmesser an fremden Dingen vergehen müßte...! Nein, keine Zeit dazu! Sie tauchen unter im glücklichen Augenblick, voll von harmlosen kleinen Handlungen. Das Messer stimmt uns alle drei friedlich, befriedigt, zufrieden.

Braucht es so wenig zum Vergessenkönnen des Drohenden, Zerstörenden? Oder ist das am Ende gar nicht wenig – ein Messer in heilem Gebrauch in Kinderhand?

Gastarbeiterkinder in der »Dopo Scuola«

»Dopo Scuola« – ein klingendes Wort für eine schlichte Sache – bedeutet nichts anderes als Aufgabenhilfe, eben dopo scuola – nach der Schule. Ein paar Frauen guten Willens erleichtern Gastarbeiterkindern die Anpassung an unsere Schulen. Ihre Muttersprache ist Italienisch oder Spanisch. Sie gehen in die erste bis fünfte Primarklasse. Schweizerdeutsch ist den meisten schon ziemlich geläufig, haben sie es doch im Kindergarten gelernt. Nur selten kommt einem Erstkläßlerkind alles, was wir sprechen, noch »spanisch« vor. Das sind die Bedauernswertesten. Bedauernswert aber sind sie alle. In einem Gewirr von vier Sprachen müssen sie sich zurechtfinden. Als Muttersprache bringen sie ihren heimischen Dialekt mit. In der offiziellen Sprache ihres Landes angesprochen, verstehen sie uns oft nicht. Im Umgang mit Schweizerkindern geht ihnen unsere Mundart verhältnismäßig leicht von den Lippen. In der Schule dann der Zwang zur deutschen Schriftsprache. Also: eine Schulsprache, eine Straßen- und Spielplatzsprache, eine Haussprache und zudem noch eine zweite Unterrichtssprache in der vorgeschriebenen, von eigenen Landsleuten geführten Schule. Arme Kinder, die so früh schon am Turmbau zu Babel mitwirken müssen. Ein Wunder, wie die meisten diese Verwirrung einigermaßen bewältigen.

Wir sind angewiesen, in der »Dopo Scuola« keine strenge Disziplin walten zu lassen, Wohnstubenatmosphäre ist verlangt. Also kommen sie einzeln oder gruppenweise, den angebissenen Apfel in der Hand oder Kaugummi im Mund. Laute Begrüßungen finden statt, sie werfen ihre Sachen hin, halten ein Schwätzchen untereinander. Es dauert lange, bis sie ihre Bücher und Hefte ausgepackt haben. Immer hat eines etwas vergessen, sie müssen sich Farbstifte und Radiergummi ausleihen. Die Neuhinzukommenden stören jene, die sich bereits auf die Arbeit konzentriert haben. Soweit wäre die Wohnstubenatmosphäre also gewährleistet, und es grenzt schon beinahe an ein Wunder, daß in diesem Lärm so etwas wie mit dem kleinen Antonio überhaupt möglich war. Wir glaubten, er lerne nie lesen. Ja, wir hätten ihn vielleicht entmutigt aufgegeben. Das Wort »schwerer Legastheniker« war bereits gefallen. Ich bin nicht gut Freund mit diesem Wort. Alle lateinisch oder griechisch aufgeputzten Wörter machen mich mißtrauisch. Sie haben die Neigung, alte Begriffe in großtuerische neue Bedeutung zu kleiden. Wie aber konnte das Wunder geschehen, daß der vermeintlich schwere Legastheniker Antonio am Ende des Schuljahres zum besten Leser geworden war? Im Grunde war es ganz einfach. Dieser Antonio mit den sanften Augen hat besonders eine der Helferinnen zu äußerst zäher Bemühung hingerissen. Unter der beständigen Berieselung von Wohlwollen und Geduld hat er sich entfaltet.

Wie sieht unsere Hilfe aus? Wir pflegen uns jeweils zu den Kindern zu setzen, die unseren Beistand verlangen. Eines will abgefragt werden, ein anderes »kommt nicht draus«, Rechnungen sollen nachgeprüft, das Einmaleins eingeübt werden. Wir üben also mit »Lust und Liebe« das Einmaleins, wir geben Diktate, kurz: wir tun alles, was uns der Nürnberger Trichter übrigläßt. Das ist in antiautoritären Wohnstuben kein Kinderspiel. Gelassen wechseln wir von einem Schulkind zum andern, lassen uns zurufen »zu mir«. Doch als einer mich herpfeift und schreit: »Sie Frölein!« sträubt sich meine Geduld. Gegen Pfeifen bin ich allergisch, meine Stimme klingt laut, autoritär: »Du, Bürschlein, wen pfeift man her?« Er bleibt stumm, worauf ich es ihm sagen muß. »Einen Hund! Sind wir Hunde? Sag, sind Leute, die einem helfen, Hunde, die man herpfeifen darf?«

Ich blicke auf den gesenkten Haarschopf, auf die Schulter im sauber gestrickten Pullover. Die Mutter läßt es anscheinend an nichts mangeln für ihren Sohn. Ist sie am Ende eine Mutter, die auch hergepfiffen wird?

Das Mädchen gegenüber blickt aus dunklen Augen strafend herüber. Sie ist immer brav bei der Arbeit. Ihr Blick voll Verachtung für den Sünder geht *mir* ans Gewissen, nicht aber dem jungen Landsmann, der schon wieder lacht. Hätte ich dem Buben die Lektion unter vier Augen erteilen sollen? Habe ich einen pädagogischen Fehler gemacht? Man wird weich unter dieser Fuchtel »antiautoritär«. Schließlich weiß ich doch, jedes will wichtig genommen sein, strebt nach Bedeutung. Sie wollen sich als jemand fühlen vor den anderen, als einzelne ein wenig herausgehoben sein. Wenn's nicht anders geht, versuchen sie es eben mit Frechheit. Einige wenige mit Sittsamkeit und Fleiß. Laura ist so eine. Da sie zudem noch hübsch ist – Finger, Arme, Hals, Ohren sind geschmückt –, ist sie sich ihrer Vollkommenheit sehr bewußt. Sie fordert auch kaum Hilfe an, sie kann es allein. Paulino dafür hat sie um so nötiger. Er hat ungeheuer lange Wimpern, aber auch »lange Finger«. Ich war Zeuge, wie er beim Friseur die Trinkgeldkasse raubte und sich auf dem Rad davonmachte. Bei der Verfolgung hat er sie allerdings fallen lassen.

Heute muß ich mich um Carmela bemühen. Die Zweitkläßlerin sitzt schon längere Zeit unglücklich hinter ihrem Buch.

»Wo fehlt's?«

»Ich muß auswendig lernen.«

Ich lasse mir den Text zeigen und lese: »Gegrüßt seist du, Maria, voll der Gnaden! Der Herr ist mit dir, du bist gebenedeit unter den Frauen, und gebenedeit ist die Frucht deines Leibes, Jesus.« Das Kind versteht kein Wort davon.

»Wer hat dir diese Aufgabe gegeben?«

»Die Religionslehrerin.«

»Sag dem Fräulein, das sei noch viel zu schwierig für dich!«

Das Kind, beharrlich: »Ich muß es lernen.«

Mein Zuspruch ist umsonst. Als ich sie zum Aufgeben nötige, fängt sie an zu weinen. Ich kapituliere. Dem Mädchen muß geholfen werden, so oder so. Vielleicht läßt sie sich doch noch überzeugen.

Ich beginne mit »Gegrüßt seist du!« Wir spielen eine kleine Szene: »Gegrüßt seist du, Carmela!« Das versteht sie rasch. Auch »voll der Gnaden« läßt sich mit Hilfe meines mangelhaften Italienisch erklären. Gnade, das geheimnisvolle Wort, übersetze ich mit grazia – »Piena di grazia«. »Weißt du, was grazia ist?« Sie schaut mich hilflos an. »Schau, Carmela, grazia, das ist etwas, das man ganz umsonst bekommt. Nicht, weil man dafür bezahlt hat, nicht, weil man brav und fleißig war, nur so… man bekommt es einfach oder hat es. Dazu sagt man auf deutsch Gnade. Du hast auch schon Gnade erfahren, Carmela. Du hast so schönes Haar! Warum? Du lächelst. Du hast es halt einfach, gelt! Aus Gnade!«

Das Kind fängt an, zu begreifen. Es spricht mir das Wort nach, sehr schön. »Gnade« und »voll der Gnaden«.

Nun weiter: »Warum war die heilige Maria voll der Gnaden, Carmela? Du weißt es: weil sie die Mama von Jesus war. Warum gerade sie? Man weiß es nicht. Einfach aus Gnade.«

Sie folgt aufmerksam meinen Worten. In ihrem

Blick leuchtet jenes bloß ahnende Verständnis, das dem Begriff Gnade angemessen ist.

Und nun üben wir: »Gegrüßt seist du, Maria, voll der Gnaden!« Aber es geht noch weiter: »Du bist gebenedeit...« Was für ein Wort! Mein schwaches Italienisch hilft mir nicht viel. Was sagt dem Kind schon »benedetta«? Ich versuche es mit der Gebärde des Segnens, mache ihm das katholische Kreuzzeichen auf die Stirn. Es bleibt bei etwas Ungefährem. Ich muß mich damit begnügen. »Gebenedeit unter den Frauen« sage ich ihr immer wieder vor, Silbe für Silbe. Sie spricht es nach: »ge-be-ne-deit«. Zehnmal, zwanzigmal. Schließlich sitzt es fast. Das arme Tröpfchen! Doch es will ja unbedingt! Auch, als ich sage: »Jetzt ist es genug, Carmela! Den Schluß lernen wir ein anderes Mal. Sag's dem Fräulein! Oder soll ich es ihr sagen?« Da wollen schon wieder die Tränen kommen. »Ich muß es lernen.«

Eine Wut ist in mir angewachsen, aber die Sache wird mir vor dieser ungeheuren Beharrlichkeit des Mädchens zum Experiment. Ich weiß, es ist unverantwortlich. Aber ich kann das Kind einfach nicht enttäuschen. Es reißt mich hin in seiner Not. So lasse ich mich noch weiter ein auf »die Frucht deines Leibes, Jesus«. Es ist keine Aufklärungsarbeit nötig. Carmela weiß, daß ein Kindlein, auch das Jesuskind, wie eine Frucht in der Hülle des Mutterleibs liegt. Damit ist der Text, soweit es für das

Kind möglich ist, aus Wörtern zu Worten geworden. Schattenhaft scheint sie es jetzt zu erfassen, begreift sie vage, wie alles Mystische ja nur begriffen werden kann. So tröste ich mich, auf das Experiment eingegangen zu sein, auf die erste Religionsstunde meines Lebens.

Aber wir sind noch nicht fertig. Jetzt kommt das Einprägen dran. Wir gehen so vor, daß ich eine Zeile sage, die nächste Carmela. Und so abwechselnd, immer wieder von vorn. Plötzlich sitzt es, sie spricht das ganze Gebet allein. Sie ist mehr als zufrieden – sie ist glücklich. Ich streiche ihr über das »gnadenvolle« Haar, indem ich denke: Mißbrauch! Andere werden es anders sehen, ich weiß: Aneignung einer mystischen Sprache als Grundlage des Gebets. So sehr mir die Sache zuwider ist, mir ist zumute, als hätte ich an dem Kind einen Akt von Liebe vollzogen.

Verwandtschaft

Am Sonntag war ich bei meiner Kusine zum Essen eingeladen. Sie kann kochen. Ein Menu nach allen Regeln der Kunst – Braten mit natürlicher Soße aus dem Saft des Fleisches, Apfelküchlein, auf der

Zunge zerschmelzend wie früher zu Hause, ausgezeichnet.

Es gibt kein gastfreundlicheres Heim als das ihre. Eine geräumige, lichte Wohnung mit gerafften weißen Vorhängen und Möbeln, von denen einige Altertumswert haben. Die meisten stammen allerdings aus der verpönten Stilperiode der Jahrhundertwende. Ein hohes Buffet, viertürig, reich verziert mit kleinen Seitensäulen und Schnitzwerk, beherrscht patriarchalisch den Raum. Die Uhr an der Wand im langen Holzgehäuse läuft brav seit Generationen. Am gediegenen Tisch, ohne Stilbedeutung, haben schon die Urgroßeltern mit ihren Kindern und Enkeln gesessen. Vergangenes ist in dieser Stube bewahrt, einzig und allein aus Liebe und Treue. Dennoch ist die Gegenwart hier nicht ausgeklammert. Alles ist vorhanden, was den heutigen Alltag bequem und annehmlich macht.

Ein Kanarienvogel mit safrangelbem Gefieder hüpft fröhlich im Bauer herum und genießt sein verdientes Alter, nachdem er jahrelang der kranken Mutter die langen Stunden mit seinen Trillern verkürzte, während die Tochter ihrem Beruf nachgehen mußte. Obendrein profitiert er von ihrer Liebesfähigkeit zu jedem lebendigen Geschöpf. Sie schenkt ihm viel Freiheit. Er darf oft in der Stube herumflattern, und wenn er auch einmal durchs offene Fenster entweicht, er findet immer den Weg zurück.

Die unterschiedlichsten Menschen haben es sich schon in dieser hellen Stube gemütlich gemacht: Kinder, Intellektuelle, Geisteseinfältige, junge Leute, alte Leute. Auch an diesem Sonntag ist mit mir eine alte Dame zu Gast. Sie ist weit über achtzig, aber ihr Alter tritt bei ihr nicht unangenehm in Erscheinung. Sie erinnert mich an Greisinnen, die ich als Kind geliebt habe. An alte Frauen, deren Güte und Wohlwollen mir spürbar waren, an denen ich Eigensinn und all die anderen häßlichen Alterszutaten nie bemerkt habe. Auch der alte Gast hier läßt nichts von solchen Zügen ahnen. Die Jahre haben ihr Gesicht nicht verunstaltet, es bloß ein wenig mollig gemacht. Reizvoll ist die Aufmerksamkeit darin, wenn sie zuhört. Sie nimmt sparsam am Gespräch teil und mit einer gewissen Vorsicht, aber klug. Wie sie mir gegenübersitzt, mustere ich heimlich ihr hübsches Kleid. Dezent und doch freundlich umhüllt es adrett ihre Fülle. Den rosig durchbluteten Hals bedeckt an der heikelsten Stelle ein goldenes Kollier. Nichts an diesem Gesicht verrät, was ihr das Leben an Bitterem und Trügerischem gebracht hat. Man ist versucht zu glauben, sie habe kein forderndes Ich mehr, nur noch ein *Da-sein.* Aber wem zuliebe? versuche ich zu erraten. Und ich wage die Frage: »Sie haben ein glückliches Alter, wie es den Anschein hat?«

Sie blickt lächelnd zu meiner Kusine hinüber. »Ja, dank ihr.«

Es ist wahr, was sie sagt, meine Kusine widmet der beneidenswerten alten Frau einen beträchtlichen Teil ihrer Zeit, macht aus ihr eine Mutter und aus sich eine Tochter. Sie läßt sie ihr täglicher Gast sein, geht mit ihr spazieren und auf Ausflüge und pflegt sie, wenn sie krank ist. Nichts daran ist Opfer, sondern bloße Verschwendung ihres natürlichen Reichtums an Nächstenliebe.

Was wir während des Essens sprechen, ist durchaus nicht ältlich. Die Kusine holt gern die Vergangenheit herauf, erzählt anschaulich aus ihren glücklichen Kindheitstagen. Sie werfen ihr Licht bis in ihr jetziges höheres Alter, und alle, die mit ihr zu tun haben, erwärmt sie heute noch damit.

Sie weiß mehr von unseren gemeinsamen Vorfahren als ich. Oder weiß sie nur anderes und weiß sie es anders? Ich höre ihr gern zu, aber manchmal dünkt mich, sie kenne unsere Ahnen nur von ihrer guten Seite. Ich werfe dazwischen, was ich an weniger Vorteilhaftem vernommen habe. Dazu lächelt sie nur verzeihend. Sie ist ihnen viel mehr verbunden als ich, und sie bringt es fertig, meine Gleichgültigkeit ihnen gegenüber aufzulockern und in Wißbegierde zu verwandeln.

Wir sind verwandt miteinander. Im Alter ist man verwandter als in der Jugend; man wird es mit zunehmenden Jahren immer mehr. Die erbmäßige Herkunft fängt an, einen zu beschäftigen. Die gezielte Suche nach ergänzenden Menschen hat aufgehört. Die zufällige Wahl wäre nicht mehr sinnvoll. Man hat die Gefundenen längst in die Kette gefügt. Jetzt möchte man sich als Glied darin erkennen. Man möchte im Buch des Lebens lesen, wie das eigene Kapitel darin eingegliedert ist. Man möchte herausfinden, welche Fäden im Gespinst einer Generationenreihe zug- und reißfest sind.

An diesem Sonntag zeigt mir meine Kusine einen dieser Fäden, der sich deutlich und dauerhaft durch unser Geschlecht zieht. Sie gibt ihm den Namen »Treue«, im besonderen »eheliche Treue«. Tatsächlich gibt es in der ganzen Sippe kein einziges Beispiel von Trennung oder Untreue. Sie erzählt von meinem Großvater, dem die Frau früh starb. Einmal soll seine bereits erwachsene Tochter den Fünfziger gefragt haben: »Vater, man munkelt, du möchtest dich wieder verheiraten?«

Seine Antwort lautete: »Wie könnte ich deiner Mutter, die ich so sehr liebte, eine Nachfolgerin geben.«

Dabei blieb es. Er lebte noch zwanzig Jahre allein, und niemand bemerkte, daß er daran Schaden genommen hätte.

Von einem Großonkel weiß die Kusine zu berichten, daß er ledig blieb, weil die Frau seines Herzens, die Schwester seiner Schwägerin, für ihn unerreichbar war. Das bildhübsche Mädchen einfacher Herkunft heiratete einen Reichsgrafen. Als die spätere Frau Gräfin – sie hieß Rose – als Kurgast ins

Grand Hotel kam, dem mein Großonkel als Direktor vorstand, schenkte sie ihm das ›Buch der Lieder‹ von Heinrich Heine. Zwischen die Seiten, dort, wo die Zeile steht »Wenn du eine Rose siehst, sag, ich laß sie grüßen«, hatte die bezaubernde Frau ein Seidenband gelegt.

Können wir uns vorstellen, daß heute ein Mann, ein Manager vom Typ meines Großonkels, sich in solcher Gemütslage befände? Ich muß lächeln, und beinahe schäme ich mich ein wenig der Gefühlshaftigkeit meines Vorfahren. Die Kusine aber ist weit entfernt von solcher Regung. Sie ist stolz auf diese Familieneigenschaft.

Falls wir beide uns mitten in der Verbundenheit verwandtschaftlichen Wesens in einer Sache doch verständnislos gegenüberstehen und ich mich darob gar ein wenig betrüben möchte, pflege ich auszurufen: »Laß uns mal ganz objektiv sein!«

Sie aber lächelt: »Ganz objektiv kann keiner sein.« Wieder muß ich ihr zustimmen. Aber wenn sie dann hinzufügt: »Das macht gar nichts, peinlich wird es erst, wenn einem dies nicht mehr bewußt ist«, dann lächeln wir beide und siehe – in diesem Wissen treffen wir uns verwandtschaftlich wieder.

Vom Geld

Darf man, wenn man alt ist, vom Geld sprechen?

Die finanzielle Lage des einzelnen gehört meist zu seinen Tabus. Wer reich ist, vertuscht es tunlichst. Mit Ausnahme derer, die es noch nicht lange sind. Der Lebensaufwand verrät es durchaus nicht immer. Fürchten sie den Neid? – Auch wer arm ist, sucht es zu verbergen, so gut es geht. Die Ärmsten sind jene, die es eingestehen müssen. Ich forsche solchem wenig nach. Höchstens lasse ich mein Gefühl sprechen: Die haben's! oder: Die können es sich auch nicht leisten!

Wie aber steht es mit mir selbst? Denke ich oft ans Geld? Wie wichtig ist es mir? – Jawohl, ich denke daran, sooft ich muß. Und es ist nun einmal so, daß man oft genug dazu gezwungen ist. Rechnungen stecken fast täglich im Briefkasten, für Elektrisch, Wasser, Gas, Telefon, Krankenkasse, heute für einen neuen Wasserhahn, morgen für eine Zahnbehandlung; für die Instandhaltung des Hauses vom Maurer, Plattenleger, Spengler und Maler und vom Gärtner für die dringende Rodung meiner Gartenwildnis. Es hört nie auf. Manchmal muß ich die »Sicherung für alle Fälle« angreifen. Mein Heim »entsichert« mich allmählich, weil es dem Alter verfällt wie ich.

Mir ist in Geldangelegenheiten eine gewisse

Scheu, wenn nicht gar Infantilität eigen. Ich habe nicht gerne damit zu tun. Wie gut war es doch, als noch jemand diese Geschäfte für mich besorgte: Zuerst die Mutter bis verhältnismäßig weit in die Jugend hinein, später der darin besser bewanderte Gefährte.

Mit fünfundzwanzig Jahren verdiente ich mein erstes Geld. Der Grund der Verzögerung war nicht Schonung. Er lag in der Härte der Zeit, welche jungen Leuten die finanzielle Selbständigkeit mindestens so schwer machte wie heute. Ich ging mit meinem Verdienten nicht leichtfertig um. Wohl hatte ich Gelüste, die ich bei einigem Leichtsinn hätte besser befriedigen können, aber ich hatte bereits erfahren, daß Erspartes Schutz vor Abhängigkeit bedeutet. Und nichts fürchtete ich so sehr wie die menschliche Lage, in der einer bitten oder gar betteln muß.

In meiner Familie war man nicht reich, und wenn man sich einmal auf dem Weg befand, es zu werden, entwand irgendein Schicksal den Besitz wieder: Eine Bürgschaft zwang zum Verkauf eines schönen Landstückes, oder der Krieg entwertete sonstigen Besitz. Hingegen hatte ich nie Not oder Armut gekannt. Meine Kindheit verfloß in der Geborgenheit der Gesicherten. Unter meinen Mitschülerinnen teilte ich mich selbst den Wohlhabenden zu, und zwar erkannte ich das an einer nüchternen Tatsache. Damals gab es die St.-Niklausen-

Bescherung für arme Schulkinder. Sie wurden mit notwendigen Kleidungsstücken »beschenkt«. Zum Teil waren es abgelegte, von den anderen Schulkindern gespendete Sachen, zum Teil von der Schule angeschaffte neue: derbe Schuhe, grobe Wollstrümpfe, plumpe, fleischrote Flanellunterhosen. Die Vorbereitungen zur Bescherung spielten sich keineswegs mit zarter Diskretion ab, wenigstens nicht in meiner Klasse. Wir Schülerinnen wußten genau, wer sich für den »St. Niklaus« gemeldet hatte. Diese waren für mich die Armen. Schaudernd sah ich ihre Demütigung mit an. Während die Bescherten bloßgestellt wurden, verstand es unsere Lehrerin, die Schenkenden hervorzuheben. Es bestand eine Art Wettbewerb: Wer bringt den größten Geldbetrag zur Unterstützung armer Schulkinder? Es blieb nicht unbeachtet, wie das Töchterlein des Bankdirektors mit vornehmer Verschämtheit die Zwanzigernote (damals!) ans Pult trug. Als ob sie höchstpersönlich damit geehrt würde, trug das Fräulein Lehrerin mit ehrfürchtigem Lächeln die Summe in die Liste ein. So lernte ich die Reichen erkennen. Ich war froh, daß mir der Großvater stets einen Fünfliber* mitgab. Das stufte mich in die Sparte der Wohlhabenden ein, denn er lag an der oberen Grenze der Spenden, die bis zu Fünfzig Rappen hinunterreichten.

* Fünf damalige Franken, heutiger Wert etwa viermal mehr.

Jedesmal, wenn mir heute das Geld der Altersversicherung ausgehändigt wird, kommt mir die »St.-Niklausen-Bescherung« in den Sinn. Ein seltsames Gefühl läßt mich spüren, was meine beschenkten Mitschülerinnen empfunden haben mochten.

Etwas annehmen, wofür man nichts tut! Ich sehe die Torheit meines Gefühls ein und weise es mit meiner Vernunft zurück. Denn mein Mann hat für mich in die Altersversorgungskasse einbezahlt. Ich habe nach Gesetz und Recht vollen Anspruch darauf. Ich vergesse auch nicht, wieviel er sein Leben lang gearbeitet und was er für die Öffentlichkeit geleistet hat – um teilweise viel zu geringe oder gar keine Honorierung. Darum darf seine Witwe die Fürsorge mit gutem Gewissen annehmen. Um so mehr als ich selbst ihm bei seiner Arbeit als Sekretärin nach Kräften beistand und obendrein den Haushalt führte. Wie die meisten Frauen meines Alters sah ich den Lohn meiner Leistung darin, daß ich in der Familie meine Heimat und meine Wirkungsstätte besaß. Ich weiß nicht, ob ich heute noch damit zufrieden wäre, und wenn ich ganz ehrlich bin, ich sah auch das früher Selbstverständliche nicht immer für selbstverständlich an.

Deshalb kommt es mir seltsam vor, daß ich in meinen heutigen Verhältnissen das Gefühl des Beschenktwerdens nicht los werde. Es ist mir angenehm, ja notwendig, und doch zugleich ein wenig bedrückend. Immer noch drängt es mich nach eigener Leistung. Ich weiß, ich schleppe das aus der Vergangenheit mit. Darum die ständige Frage: Verdienst du das Geschenk der Öffentlichkeit? Bist du ihr auch noch von Nutzen? – Aus diesem Grund bin ich froh, wenn ich es noch ein wenig sein kann, und halte zäh daran fest. Denn aller Wohlfahrt zum Trotz gibt es nichts Schlimmeres, als bloß nehmen zu müssen, ohne geben zu können.

Die tote Stunde

Heute hatte ich es wieder einmal schwer mit mir. Trotzige Fragen quälten mich. Zum Beispiel: *Bin ich Christin?* Liebe ich meinen Nächsten wie mich selbst? Wer ist überhaupt dieser Nächste? Der erstbeste Nächste?

In dieser zweiflerischen Verfassung mache ich mich auf ins Kino, fort von mir selbst.

Der Film hat noch nicht begonnen, die erste Vorführung geht gerade ihrem Ende zu. Ich sitze wartend im Vestibül. Viele Leute – fast alles junge – stehen um mich herum. Ich prüfe meine Gefühle, mit denen ich sie beobachte. Salopp kommen sie daher. Wollen sie mit der Art der Kleidung etwa den Abstand zu den Alten erweitern? Wollen sie damit ihre Geringschätzung gegenüber denen ausdrükken, die ihnen um Generationen voraus sind? Ihre Verachtung für das, was diese ihnen unter eigenen Schwierigkeiten – dem ewig sich gleichbleibenden Maß an Schwierigkeiten im menschlichen Bemühen – voraus haben? Das zufällige Spätergeborensein kann überheblich machen.

Ich gebe mir einen Ruck. Jugend sollte man lieben. Heute will es mir nicht gelingen. Höchstens streift mich das Mitleid, weil sie, unerfahren, nicht einsehen können, daß unser Leben nicht auf das Glück hin ausgerichtet ist, ja nicht einmal auf das Gute hin, höchstens auf das Ringen darum. Ich bedauere im Augenblick alle, die meinen, man könne mit Eigensinn die Welt verbessern.

So finster sieht es augenblicklich in mir aus, und ich fälle ein hartes Urteil: Diese Jugend liebe ich nicht mehr, als sie es verdient. Wenigstens nicht mit diesem dehnbaren Begriff »Liebe« oder »Nächstenliebe«. Und böse frage ich weiter: Wer wäre überhaupt der Liebe wert in dieser kalten Welt? Die Krämerseelen etwa, die vor Gewinneifer zu Lügnern und Betrügern werden und zu Verführern? Sollte man die in Selbstgefälligkeit Erstarrten ins Herz schließen? Oder die Verfressenen? Die mit den oberflächlichen Gedanken? Die Neidischen, die Geizigen, die Raffer, die Sexbesessenen?

So kann es brodeln in einer scheinbar harmlos im

Vorraum eines Kinos sitzenden Alten. Immerhin macht sie eine Atempause und besinnt sich über die Zornesschwelle hinweg zurück zu der Frage, ob sie überhaupt noch liebesfähig sei, im paulinischen Sinn? Sie sagt es sich vor, mitten unter dichtgedrängtem Volk: »Die Liebe ist langmütig und freundlich, die Liebe eifert nicht, die Liebe treibt nicht Mutwillen, sie blähet sich nicht, sie suchet nicht das ihre... sie glaubt alles, sie hoffet alles, sie duldet alles«, um zynisch zum Schluß zu kommen: »Guter Paulus, so weit habe ich es nicht gebracht! Ich bin ein *Mensch.* Was ich an Liebe zu leisten vermag, ist viel, viel weniger, als was du uns auferlegst.« Ehrlich untersucht, was war mein Leben lang an Liebe in mir? Viel, wenn ich an die einzelnen denke. Ich habe mich zu ihnen hingezogen gefühlt, ich habe mich nach ihnen gesehnt, nach ihnen Heimweh gehabt bis zur tiefen Trauer, ich habe um sie gebangt, für sie gefürchtet, ich habe ihnen vertraut. Einzelne sogar habe ich um mich zu haben verlangt bis zur Einverleibung. Und ebenso oft habe ich das empfunden, was man Mitleid nennt. Mit wie vielen habe ich gelitten, den Drang empfunden, ihnen zu helfen, sie von Leid zu befreien. Und wie oft habe ich nicht bloß mitgetrauert, sondern – was noch mehr ist – mich mitgefreut. Ich nahm Anteil am Denken und Empfinden meiner Nächsten und Übernächsten. Aber ist mit all diesen Teilgefühlen die nie richtig erkennbare Liebe gemeint? Wo haben wir diesen vieldeutigen Begriff nur aufgelesen, diesen verschwommenen, zumeist verwaschenen Allgemeinbegriff? Nie paßt er richtig in die Wirklichkeit. Wir schleppen ihn mit wie einen viel zu schweren Goldklumpen durch die lange Lebensstraße, welche »Selbstbehauptung« heißt.

So sitze ich da mit meinen Gedanken, die kalt sind wie das Chromgehäuse des Sessels, auf dem ich mich in den Kragen meines Pelzes verkrieche, und keiner ist um mich herum, der sie mir vom Gesicht ablesen könnte, obwohl sie doch alle mit mir in die Schicksalsgemeinschaft des Lebens eingesperrt sind.

Scheu blicke ich mich um, stelle fest, daß ich die einzige »Alte« bin unter den vielen Jungen und Jüngeren, die sich den Film ebenfalls ansehen wollen. Doch halt, dort geht ein Weißhaariger – er hinkt – mit einer Frau, wohl seiner Gattin. Unbekannte Altersgenossen – schon verliere ich sie aus den Augen. Möglich, daß sie sich wieder entfernt haben, aus demselben Grund, aus dem auch ich weggehen sollte. Ich spüre die Absonderung jetzt wie ein körperliches Unbehagen, wie Frieren oder Hunger. Kein Blick gibt mir zu wissen, daß ich lebendiger bin als die Plakate an der Wand, die Zigarettenstummel in der Schale vor mir. Sollte ich es etwa selbst mit einem Lächeln versuchen durch diese undurchdringliche Fremde hindurch? Nein, der luftleere Raum versagt mir jede Verbreitung von Wohlwollen. Nicht ohne Neid sehe ich zu, wie sie zusammen sein können, in Gruppen, zu zweien. Auch draußen geht man, alternd, allein, im fremd gewordenen Straßenbild. Es ist nicht mehr bevölkert von altvertrauten Begegnenden wie früher. Du gehst durch eine »leer gewordene«, aber überfüllte Stadt, in der niemand dich kennt und du niemanden kennst. *Sie* haben einander noch, hier und dort, jetzt noch, sind dicht beisammen unter ihresgleichen. Sie behaupten den Raum mit dem Recht der Kommenden – wir ducken uns im Unrecht der Abgehenden.

Die erste Vorstellung ist aus. Die Herausströmenden geben den Eintritt in den Kinosaal frei. Ich nehme meinen Platz ein, am Reihenende. Wie jedesmal übermannt es mich ein wenig, wie ich einst, stets fröhlich und erwartungsvoll, gleich denen um mich her, meinen Sitz einnahm. Nie allein, immer in Gesellschaft wie sie. In der Verbindung abgeschirmt gegen alle anderen, sie bloß wahrnehmend wie eine gleichgültige Kulisse oder Hintergrundmusik.

Ging mir damals denn nie die Ahnung durch den Kopf, daß es auch das andere gab? Ganz dunkel erinnere ich mich. Doch, es ging mir durch den Kopf, aber ich verdrängte es – ich, damals, genauso wie sie um mich her, jetzt, hier, zu dieser Stunde.

Endlich entführt mich der Film dieser Rückblende. In der Pause bleibe ich sitzen. Wozu sich unter die Masse der Unbekannten mischen, Einsamkeit bekunden vor den vielen, die dies gar nicht bemerken?

Da beugt sich jemand über mich. Alda! Ich erkenne sie sofort wieder, obschon ich sie Jahre nicht mehr gesehen habe.

»Darf ich mich eine Weile zu Ihnen setzen? Wie geht es Ihnen?«

»Nein, wie geht es Ihnen, erzählen Sie!«

In der kurzen Pausenzeit berichtet sie, sie sei verheiratet, habe ein kleines Mädchen. Es gehe ihr gut, ihr Mann sei ... und so weiter. Ich sehe sie an, finde, daß sie hübscher geworden ist, durchhellt. Alles an ihr ist jetzt gefällig, von den schlanken Jeans bis zum geblümten Blüschen. Wie lange mag es her sein, daß sie sich als junges Mädchen bei mir ausgeweint hat? »Niemand sieht mich an! Bin ich so häßlich? Was fehlt mir? Ich bin nicht wie die anderen. Die Kameraden und Kameradinnen lachen mich aus, ich sei frigid, weil ich nicht tun kann wie sie.«

Das fällt mir ein, während sie jetzt so heiter und ausgeglichen berichtet. Was habe ich ihr damals nur gesagt? Warten, Geduld haben, nichts erzwingen wollen? Wohl so Ähnliches. Als erriete sie meine Gedanken, lächelt sie mich an.

»Es hat sich gelohnt, daß ich ich selbst geblieben bin, wie Sie mir damals geraten haben!«

Der Saal verdunkelt sich. Sie sucht ihren Platz auf. Ich bin jetzt ganz gelöst. Ich weiß, ich kann wieder sagen: Ich liebe, und ich werde genauso freimütig wie jeder mit diesem Wort umgehen. Weil es keines gibt, das die Sache, die gemeint ist, in voller Richtigkeit zu benennen vermag. Ich will es aber nicht »groß« gebrauchen, sondern nur ganz bescheiden anwenden, wenn mich von Fall zu Fall die Welle trägt und etwas mitführt zu einem andern, was ihm und mir not tut.

Nach dem Filmende stellt Alda mir ihren Mann vor, einen dieser eben noch Fremden in Jeans und Bart. Aber die Verbindung ist da, über die junge Frau. Sie begleiten mich zum Bus, sie wünschen mir Gutes, ich wünsche ihnen Gutes. Die tote Stunde ist vorbei.

Familienleben

Der Abend in der Woche, den ich bei meiner Tochterfamilie verbringe, ist mein bester, lebendigster. Beim Nachtessen sprudeln die Knaben ihre Erlebnisse heraus. Gerade an diesen, so ganz anderen Erlebnissen als den meinen tue ich mich gütlich. Ich muß sie kennen, will ich nicht ausgedörrt werden.

Sie sprechen so rasch, daß man kaum nachkommt. Auch die junge Dänin, Haushaltshilfe meiner Tochter, die mit am Tisch sitzt, hat Mühe, sie zu verstehen. Mit Rücksicht auf sie werden sie angehalten, Schriftdeutsch zu sprechen. Das fällt ihnen zwar nicht schwer, aber wenn sie angeregt und im Eifer sind, fallen sie immer wieder in die Mundart zurück. Es ist »ihre Sprache«. Ich denke zurück, wie es in ihrem Alter bei mir damit stand. Ich hatte die Gewohnheit, vor dem Einschlafen Gespräche mit imaginären Personen zu führen. Sie gelangen mir nur in Schriftdeutsch. Ich las viel, und die Lesesprache wurde mir zur Intimsprache. Die erfundenen Personen waren wie die Menschen in meinen Büchern. Ich glaube kaum, daß es so etwas unter der heutigen Jugend noch gibt. Wir lernten ja auch in der Schriftsprache mit dem »lieben Gott« sprechen. Zu meiner Zeit verstand er kein Schweizerdeutsch. Ich habe noch nie den Mut gehabt, einen meiner Enkel zu fragen, wie sie denn beten und ob sie es tun.

Der Ältere steht mit seinen vierzehn Jahren auf der Schwelle zwischen Kindlichkeit und Erwachsenwerden. Er ist zwar hochaufgeschossen, aber keiner dieser frühreifen Jugendlichen. Schule, Sport, Spiel nehmen ihn noch genügend in Anspruch. Wie fast jedesmal, wenn ich zu Gast bin, hat er eine Klassenarbeit vorzubereiten. Zum Glück nimmt er die Belastung nicht schwer. Man gewöhne sich daran, meint er. Heute seufzt er allerdings ein wenig. Das Pensum war umfangreich. Es geht um den Absolutismus und die Französische Revolution bis zu Napoleon. Innerlich rebelliere ich ein wenig, bei aller Einsicht, daß ein Schüler etwas über dieses wichtige Kapitel der Weltgeschichte wissen muß. Ich bin neugierig zu vernehmen, wie der Lehrer es seinen Schülern schmackhaft gemacht hat, und staune, wie der Bub den Stoff gedächtnismäßig beherrscht. *»Die Revolution frißt ihre eigenen Kinder.«* Dieser Satz steht rot unterstrichen im Buch. Ich lese ihn laut, halb fragend. Der Knabe wirft plötzlich den Kopf hoch.

»Stimmt das wirklich?« Der Lehrer habe zwar Beispiele gegeben, aber er möchte doch wissen, ob es nicht auch Kinder der Revolution gebe, die nicht aufgefressen wurden und überlebt haben.

Ich freue mich, daß er allgemeine Aussagen schon jetzt auf ihre Stimmigkeit hin überprüft. Auch über Napoleon möchte er von mir Zusätzliches erfahren. Er ist noch des rührenden Glaubens, die Großmutter wisse auch etwas. Ich bin so anständig, sein Vertrauen ehrlich einzuschränken.

»Wenn du mich fragst – ich habe zwar vieles über Napoleon gehört und gelesen –, vergiß aber nicht, daß *ich* es bin, die sich danach eine Meinung gebildet hat. Es ist gut, wenn du vielerlei Meinungen zu hören bekommst, dann kannst du dir nach und nach eine eigene bilden.« Daraufhin wage ich es, den Helden Napoleon ein wenig zu zerpflücken, gehe damit etwas weiter als das Geschichtsbuch, nach dem er zu lernen hat. An der strategischen Intelligenz Napoleons zu rütteln, geht nicht gut an. Da muß ich mich auf überlieferte Tatsachen verlassen. Aber den Buben beschäftigt vor allem die hinreißende Wirkung des jungen Generals auf die Soldaten, der ja doch klein von Gestalt war. »Woran lag es denn eigentlich?« will er wissen.

»Er konnte reden«, antworte ich. »Ein Führer, einer, der überzeugen will, muß reden können. Die Sprache beherrschen! Die Gedanken, für die die Masse empfänglich ist, müssen ihm nur so zufließen.« Ich sage es sogar recht drastisch. »Das gute Mundwerk ist die erste Bedingung des Erfolgs. Damit ausdrücken können, was die Leute eigentlich selber wollen, auch wenn es noch in ihnen schlummert.«

Der Bub macht eine zweifelnde Miene. Ist mir recht so, und ich bin klug genug zu verbessern: »Napoleon war seiner Sache aber auch eindeutig sicher, als er seinen Soldaten sagte, die Revolution helfe den Menschen weiter. Er hat nicht geschwankt, ob es auch richtig sei, die Ideen der Revolution über Krieg, Elend und Tod hinweg durchzusetzen.«

»Aber wie war es denn später mit ihm, bevor er alles verlor?« fragt mich der Junge. Ich habe nur eine kurze Antwort parat.

»Da ging es ihm nicht mehr um das Wohl der Menschen, sondern um die Macht.«

»War es ähnlich wie bei Hitler?« will er wissen. »Hat der auch so eine gewaltige Wirkung gehabt, weil er ein Überzeugter war?«

Im Gesicht meines Enkels lese ich, wie sich allmählich die Anfänge des Verstehens bilden. Aha, so geht es zu in der Welt! Darf man ihr trauen? – Der nachdenkliche Blick an ihm gefällt mir und tut mir gleichzeitig ein wenig weh. Aber ich kann ihm nichts Milderndes sagen. Ich kann ihm nur neues Gedankenfutter reichen. »Weißt du, wahrscheinlich ist solchen Menschen ›von Natur aus‹ oder woher auch immer bestimmt, zu wirken, wie sie wirken. Vielleicht treiben sie, selbst im Bösen, die Entwicklung des Menschengeschlechtes voran. Nur – die einzelnen Menschen, die in solcher Epoche leben, werden oft grausam in diesen Sog gerissen.«

Ich merke, er versteht, was ich meine. Vielleicht glaubt er mir, vielleicht vergißt er es auch wieder. Schon jetzt schlägt er die Bücher zu und fragt, ob er, bevor er sich zum Lernen zurückziehe, noch rasch seine Zauberkünste vorführen dürfe.

Ein paar Minuten später steht er, lang und schmal, mitten im Raum und hantiert verblüffend geschickt mit einer langen, weißen Kordel. Ich bin baff vor Staunen. Er lächelt: »Es ist alles bloß Geschicklichkeit. Ich übe in jeder freien Minute, auch wenn ich Vokabeln auswendig lerne. Das mechanische Spiel mit den Händen stört mich nicht dabei.«

Das ist nun wieder derselbe Bub, der vorhin scharf aufmerksam über Revolution und Diktatoren nachgedacht hat. Er reißt mich mit ins vielseitige, sich entfaltende junge Leben. In meinem Innern flutet es vor Freude am Teilhaben. Und es regt sich die Hoffnung, daß sie nicht so bald aufhöre.

Erinnerung

Nimmt man alten Menschen die Erinnerung, reißt man an ihren Wurzeln. Aber heutzutage leben wir in einer Zeit, in der Jüngere nicht gerne von Erinnerungen hören. Gewesenes wird mit schiefen Blikken angesehen. Wir leben im Umbruch; es soll alles besser werden; sie kämpfen dafür. Die Alten stören dabei nur, weil sie sagen: »Es wird anders, aber nicht besser.« Was schwierig, unwirtlich, quälend und grausam war, wird in neues Schwieriges, Unwirtliches, Quälendes und Grausames verwandelt. Ich erlaube es mir nicht, mich übermäßig der Erinnerung hinzugeben; doch oft zwingt sie sich mir auf. So neulich.

Da haben sie das Haus meiner Kinderzeit abgerissen. Von Bulldozern verzehrt, liegen seine Reste hinter einer hohen Bretterwand versteckt. Ich schleiche hinten herum durch den Torbogen in den Hof, als ob ich etwas Ungebührliches beginge, und will doch nur die Leiche des Hauses sehen.

Da breitet sich ein Trümmerhaufen aus. Auf einer Tafel steht »Zutritt verboten«. Ich gehe dennoch ganz nahe an das Gerümpel heran. Ich kann die Augen nicht davon lassen, als läge darunter ein Stück von mir. Doch habe ich unter diesem Schutt aus Stein, Sand und Ziegelscherben nichts Greifbares zurückgelassen. – Da fällt es mir auf einmal ein – darunter könnte der Ring liegen, den meine Tante einst verloren hat. Ihren kostbarsten Ring mit einem erbsengroßen Türkis, von einem Perlenkranz umrahmt. Sie hat dem kleinen Mädchen, das ich damals war, versprochen: »Den darfst du einmal haben, wenn du groß bist!«, und es kam mir damals vor, als gehöre er mir schon ein wenig. – Eines Tages zog sie ihn vom Finger; dabei entglitt er ihr und rollte unter den Spiegelschrank. Unsere alte Kathrine kam gelaufen und versuchte, ihn mit einem Besen hervorzustöbern. Allein, sie verschob ihn bloß, und der kostbare Ring fiel in eine Fuge zwischen Wand und Boden. Nichts war zu machen, selbst ein steifer Draht und eine lange Stricknadel erwiesen sich als untaugliche Instrumente. Der Ring hatte sich zu tief in der Spalte verloren und blieb zwischen Mörtel und Staubgespinst verschollen.

Ich weinte fast. »Kommt er jetzt nie mehr ans Licht, der schöne, schöne Ring?«

Die Tante hatte nur einen schwachen Trost. »In vielen Jahren vielleicht einmal, wenn man das Haus abreißen wird. Wenn ihn bis dahin das Mäuslein nicht fortgetragen haben wird.«

»Man könnte den Schreiner kommen lassen«, meinte die Kathrine, »der könnte ihn aus dem Gebälk heraufholen.«

»Ach ja!« bettelte ich. Aber man unterließ es. Man ergab sich bei uns leicht in etwas Verlorenes. Nur ich nicht so rasch, aber wie ich dann viel Neues gewann, vergaß ich den Verlust.

Jetzt sind die vielen Jahre vorbei, und ich stehe vor diesem Berg aus Schutt und Müll. Meine Augen wühlen zwischen dem fahlen Grau und dem schmutzigen Gelb, lauern, ob nicht unter dem Bruch etwas Blaues hervorleuchte. Wenn am Ende ein Zufall...?

Aber der Berg bleibt Stein und Dreck. Das sind jetzt die Mauern, die dich einst lachen und singen und weinen und mit jenen sprechen hörten, die dir damals die Liebsten waren! – Und indem ich so stehe und staune, glaube ich auf einmal etwas Helles, Blaues zu sehen. Ganz deutlich. »Da ist er ja, der Ring!« durchfährt es mich, »ich habe ihn ja – so leicht ist das!« Ich brauche nicht einmal die Hand nach ihm auszustrecken. Ich sehe ihn schärfer, als meine kurzsichtigen Augen es erlauben! Wie sie strahlt, die Bläue des Steins! Und wie die kleinen Perlen schimmern.

Jetzt weiß ich es, daß ich ihn habe – für immer – so lange ich lebe – den Ring in mir drinnen. Ich kann ihn jederzeit ansehen, wenn ich nur will. Selbst wenn ich erblindete, ich sähe ihn doch. Auch wenn meine Finger lahm würden und kein Gespür mehr in ihnen lebte, ich könnte ihn greifen und fühlen...

Ich stehe noch eine gute Weile und lasse mich von ihm anleuchten, durch die Trümmer hindurch, so blau und so schön – wie er vielleicht gar nicht war.

Wenn der Schlaf mich flieht...

Wenn mich der Schlaf flieht, und ich mich zwingen muß, nicht grübelnd einer Sache nachzuhängen, nützt mir Lesen wenig. Die Gedanken schlüpfen mir immer wieder zwischen den Zeilen aus. Aber es gibt für mich ein anderes gutes Ablenkungsmittel, das ebenfalls jederzeit zur Hand ist und mir besser seinen Dienst tut als Kreuzworträtsel oder Patiencen. Ich hole mein Latein hervor. Diese »tote« Sprache war für mich von jeher mit Leben erfüllt. Im Gegensatz etwa zu Sohn und Tochter, die beide Latein genossen haben, ohne es zu genießen. Ich habe mir eine moderne Grammatik angeschafft, wie sie heute in Gymnasien verwendet wird, und versuche mich nächtlicherweile in Übungen und Übersetzungen. Bei solchem »Latein-Spiel« setzt alsbald das peinigende Grübeln aus. Ich vergesse den sorgenvollen oder erregenden Zustand. Ich werde in eine strenge Ausrichtung des Denkens hineingerissen. Meine Phantasie wird am Schopf gepackt, und ehe ich mich versehe, wandle ich wie im Traum auf den Spuren jenes abgeschiedenen Volkes, das uns durch seine Genialität doch in so manchem bis heute geprägt hat. Für eine Weile werde ich Zeitgenosse, steige ein in sein befremdlich Anderes, wäge seine Moral an der heutigen, kurz: Ich erlebe das Abenteuer der Vergangenheit durch das Medium der alten Sprache. Und wenn ich daraus zurückkehre in meine eigene, mir täglich entschwindende Zeit, bemerke ich zu meinem Erstaunen, daß ich ein Stück Gelassenheit gewonnen habe.

Das tut mir so wohl, daß ich jetzt oft auch tagsüber etwas Latein treibe. Ich kontrolliere mich streng, nehme es fast peinlich genau. In Zweifelsfällen über grammatikalische Richtigkeit wende ich mich an meinen ältesten Enkel Alain, der sein Latein auch mit Lust und Leichtigkeit bewältigt. Er hilft mir gutmütig beim Durchsehen meiner Aufgaben, erklärt mir Irrtümer. Doch ich bin auch stolz, wenn ich ihm beweisen kann, wie gut der Kopf der Großmutter noch arbeitet, und noch stolzer, wenn ich *ihn* einmal eines Irrtums überführen kann. Er sieht dann: Die Großmutter ist keine Mumie, mit ihrer Denkkraft ist noch zu rechnen. Soweit meine Alterseitelkeit. Doch dahinter steckt noch etwas anderes. Ich weiß nicht, ob er es überhaupt merkt, daß es mir nicht bloß um Latein geht, sondern auch um das Gespräch mit ihm. So schlau muß man vorgehen, wenn man die so leicht entschlüpfenden Beziehungen zu seinen Nachkommen lebendig erhalten will. Es bleibt ja nicht nur bei der lateinischen Grammatik, es gibt kleine Zwischen- und Nachgespräche über Lehrer, Kameraden, Unterricht. Man gelangt vom Harmlosen zum weniger Harmlosen, wobei dann sein Blick oft hinterhältig forschend an der Großmutter hängt. Schließlich kommen wir an einem Punkt an, wo uns etwas verbindet. Und dies alles über ein bißchen Latein.

Heute besteht vielfach die Ansicht, Latein werde als Bildungsmittel überschätzt. Das möchte ich nicht einmal bestreiten. Bildung hängt ja nicht so sehr am Mittel. Für mich persönlich hat es, wie gesagt, einen therapeutischen Wert, in mehr als einer Hinsicht.

Zeit für andere

Zeit-Geiz, verbunden mit Erlebensrafferei, ist das ein Wesenszug des Alters? Ist man jung, nimmt man vertrauensselig vorab. Es steht noch so vieles bevor! Alternd sieht man nur mehr eine kurze Strecke vor sich. Es ist, als befände man sich am letzten Tag an einem Ort voll reicher Sehenswürdigkeiten und Betätigungsversprechen. Man weiß, man ist zum letztenmal hier, wird ihn nie mehr sehen. Man will noch so viel wie möglich erleben.

Morgens stelle ich ein Programm auf, eine lange Liste: Arbeiten, die routinemäßig zum Tagesablauf gehören, dazwischen solche, die ihm erst Farbe geben. Sie sind es, die eben jenen Erlebenshunger »der letzten Tage« stillen können: einen längst nicht mehr gesehenen Ort noch einmal in Augenschein nehmen, einen verlockenden Einkauf endlich wagen, ein bestimmtes Buch lesen, einen Menschen treffen, nach dem man große Lust hat, oder zum mindesten einen Brief an ihn schreiben.

Sehe ich dann abends die Liste durch, sind gewiß gerade diese bunten Erlebnisabsichten unerledigt. Der Alltag hat sie aufgefressen. Unerwartetes hat sich dazwischengedrängt. Vielfach banale Ereignisse: Die Waschmaschine hat mitten im Waschprozeß versagt, die Ölfeuerung ausgesetzt, eine Storegurte ist gerissen. Aber noch viel öfter kommt das Unerwartete in Menschengestalt auf mich zu. Meite wird mir ins Haus gebracht, ihre Mutter ist beim Zahnarzt bestellt. Noch öfter schneidet mir das Telefon Vorgenommenes ab. Ich seufze innerlich, ärgerlich über die Störung. Der Ärger hält jedoch nie lange vor, etwas in mir schaltet sofort um. Das ist es ja gerade, was auch alte Menschen dringend benötigen: mit einbezogen sein ins Erleben anderer, ihnen nützlich sein dürfen. Freilich – es bietet sich nicht nach Wahl und Wunsch des Augenblicks an, eher nach Zufall. Jemand begehrt unerwartet nach mir, möchte etwas wissen, einen Rat holen, oder auch nur ein wenig von meiner Zeit haben, damit ich ihn anhöre. Ich muß es also annehmen, wenn es auf mich zukommt. Diesem nicht Berechenbaren muß man sich aussetzen.

Ich habe mich schon ziemlich erzogen, daß ich augenblicklich in Bereitschaft bin. Sobald ich eines andern Bedürfnis spüre, aus sich herauszutreten, bin ich in ihm drin. Das Gespräch kommt in Gang. Er öffnet sich, geht aus sich heraus. Ich erfahre komplizierte Verwicklungen seines Erlebens. Schwieriges tut sich auf. Oft läßt ein verwirrender Dschungel von Gefühlen keinen Durchblick mehr frei. Das ist unweigerlich der Augenblick, in dem das Verstehen festgefahren ist. Es ist eine Wand von Worten da, die nichts mehr durchläßt, nicht von ihm her, nicht von mir hin. Der andere scheint seine Schwierigkeit hartnäckig zu wollen, läßt nicht daran rütteln. Was ich auch ausprobiere, ihr auf den Leib zu rücken, mißlingt. Keiner meiner Ratschläge ist brauchbar, kein Ausweg gültig. Der Last des andern ist nicht beizukommen, man muß sie ihn schleppen lassen. Ich bin hilflos dem Hilflosen gegenüber.

Dreimal ist es mir heute so ergangen. Die anrufende junge Frau ist krank. Ich kenne ihre Verhältnisse ziemlich gut, obwohl wir uns selten sehen. Sie ist kinderlos, geht aus familiären Gründen einem Verdienst nach. Jetzt berichtet sie, sie habe eine Darmgrippe, doch wage sie nicht, im Betrieb zu fehlen. Kündigungen lägen in der Luft. Eine solche wäre für sie fast eine Existenzfrage. So will sie jeden Anlaß dazu vermeiden. Sie wagt nicht einmal, mitten in der Woche den Arzt aufzusuchen. Mein Rat erschöpft sich demnach in der Angabe von bewährten Medikamenten. Sie hat alle bereits ausprobiert – ohne Erfolg. Was bleibt mir anderes, als meine Bekümmernis um ihre Gesundheit auszudrücken. Nachdem ich resigniert aufgehängt habe, denke ich: Aha, die Betriebe fangen an, sich der »Schwächlinge« zu entledigen. Ist es ihnen im drohenden wirtschaftlichen Niedergang zu verargen? Auf jeden Fall scheinen die Zeiten vorbei zu sein, in denen dem Hang, sich vor dem Unangenehmen und Harten in die Krankheit zu flüchten, ungestraft nachgegeben werden darf. Vielleicht werden die Menschen jetzt wieder gesünder, wenn sie merken, daß der Stärkere vor dem Schwächeren den Vortritt hat. Für meine junge Freundin täte es mir leid, wenn sie in diesen Sog geriete. Die Gewissenhafte verdient es nicht, obwohl sie zu den zarten Konstitutionen zu rechnen ist. Wenn sie jetzt vor lauter Befürchtung sich nicht der nötigen Ausheilung unterzieht, sich vielleicht ein chronisches Leiden erwirbt? Aber dann beruhige ich mich. Der Wille zur Gesundheit bewirkt oft Wunder. Der Mensch hält vieles aus. In einem halben Jahr sind die Spuren ihrer Bedrängnis mit größter Wahrscheinlichkeit verwischt. So lege ich die Not eines andern beiseite. Es zwingt mich etwas dazu. Ich darf nicht zu weich werden, wenn ich nicht helfen kann. Immerhin – ich bin nicht ganz zufrieden mit mir. Aber wann darf man das je sein?

Seufzend nehme ich meinen angefangenen Brief wieder auf. Nach wenigen Zeilen stört mich das Klingeln der Hausglocke. Es ist meine Jugendgefährtin Johanna, die mir einen von ihr erbetenen Zeitungsausschnitt bringt. Ich bin erfreut. Unangemeldete Besuche sind heutzutage so selten. In meiner Jugend gehörten sie zu den täglichen, angenehmen Abwechslungen. Heute telefoniert man, läßt sich's genügen, einander durchs Ohr zu erleben. Dies hier ist ein richtiger Besuch. Eine Tasse Tee ist rasch aufgetischt. Während wir trinken, öffnet sich mir mein Gast. Ich erfahre von ihrer Einsamkeit. Sie ist Witwe wie ich, lebt allein, mehr allein als ich, hat alle verloren, die ihr nahestanden. Lebensermüdung hat sich eingestellt und verschlingt die Kraft, sich Ersatz für die Verlorenen zu suchen. Sie wendet mir ihr erstarrtes Gesicht zu. Ich sehe dahinter ihr einstiges Jungmädchengesicht. Wie gerne es damals lachte! Jetzt können diese Augen nicht einmal mehr weinen. Wiederum ereifere ich mich in »Sprüchen der Lebensweisheit«. Sie prallen alle am inneren Schicksal der Traurigen ab. Ich verachte schließlich meine eigenen Worte, lege lahm die Hände in den Schoß. Ich kann nicht helfen, nur zuhören, verstehen. Daß es so wenig ist, versetzt auch mich in Betrübnis.

Kaum habe ich sie in den Abend hinaus entlassen, erfolgt ein weiterer Anruf. Ich eile zum Apparat in der Hoffnung, etwas Erheiterndes zu hören. Vielleicht ist es ein Enkelkind! Ich habe mich getäuscht. Was ich nach ein paar Einführungen zu hören bekomme, ist ein neues unerquickliches Stück aus der Geschichte einer Ehe. Einer lahmen, freudlosen Ehe, mühsam aufrechterhalten von seiten der Frau, die jetzt mit mir spricht. Ihre Liebe ist auf Mitleid zusammengeschrumpft, schmeckt ihr fad wie eine ungesalzene tägliche Diätspeise. Aber der Gefährte hängt zäh an diesem kläglichen Rest, er braucht ihn. Er hat sie stets geliebt. Ihrerseits aber war diese Ehe eine von vornherein verpfuschte Sache: eine Wahl, unter dem Eindruck einer verschmähten anderen Liebe getroffen. Und nun fragt mich die junge Frau: »Ist Mitleid genug für ein ganzes langes Leben?«

Wiederum bin ich hilflos vor zwischenmenschlichen Schwierigkeiten, heute zum dritten Mal. Wo ich auch zu Rat ansetze oder auf einen Ausweg hinweise, aus diesem Labyrinth scheint es keinen zu geben. Der Wille der jungen Frau zur Selbsthilfe ist gebrochen. Der seelische Konflikt äußert sich bereits im Physischen. Er macht sie krank. Was kann ich für sie tun? Nichts als zuhören und zu verstehen versuchen. So kläglich ist es manchmal um die menschenmögliche Hilfe bestellt.

Quittenplätzchen

Eine hausbackene, kurze Bemerkung, aber ich muß sie notieren. Ich habe heute nachmittag auf Weihnachten hin Quittenplätzchen zubereitet. Drei volle Stunden Arbeit. Eine zeitgerechte Hausfrau würde ironisch lächeln, wenn sie mir durchs Küchenfenster zusähe, wie ich mich mit dem Rüsten der harten Früchte abmühe. »Wozu?« würde sie fragen. Ja, wozu? Ich will versuchen, ehrlich zu antworten.

Vielleicht will ich mir damit eine Blume auf mein späteres Grab setzen. Eine Blume des Erinnerns.

Alle meine Familienglieder lieben diese heute etwas ausgefallene Süßigkeit sehr. Man bekommt sie nur noch um teures Geld um Weihnachten herum. Und viel, viel später, wenn überhaupt niemand mehr in der Familie sich mit dem Rezept abmühen wird, dann denken meine Kinder und Kindeskinder möglicherweise an die Quittenplätzchen zurück, und damit zugleich an mich. Nicht ohne eine Spur von Heimweh vielleicht, auf jeden Fall mit »Gefühl«. Und sollte es dann noch Weihnachten geben, wird vielleicht eine der weiblichen Nachkommen auf den Gedanken kommen, nach meinem alten Rezeptbuch selber auszuprobieren, ob sie sie fertigbringt.

Es ist mir wohl bewußt, daß hinter meiner Mühe um die Leckerei ein wenig Berechnung steckt. Aber hinter welchem Liebestun blinzelt nicht ein wenig Berechnung? Meist vor sich selbst versteckte.

Aber jetzt habe ich der Aufrichtigkeit Genüge getan. Nach der anstrengenden Arbeit liegt die Quittenmasse, schön rot gefärbt von ein wenig Sandelholzpulverzutat, auf der Porzellanplatte. Das ist der Augenblick, in dem es auch in mir aufsteigt aus der Vergangenheit. Ich sehe sie alle wieder versammelt im weihnachtlichen Zimmer. Es ist warm vom Kerzenschein. Meine Wangen glühen. Mein Pate, der Quittenplätzchen besonders liebt, pflückt sich mit verschämtem Lächeln noch eins vom Baum. Die lahme Hand des Großvaters ruht weiß und schlaff auf der Plüschlehne des Sessels. Die jung verheiratete Tante zwitschert und lacht und läßt die goldene Plombe am Stockzahn vornehm blinken. Ihr Gatte mit dem dichten blonden Schnurrbart, den ich als Schönheitsfehler empfinde, zieht mich am Arm heran, nachdem ich das »Glöckchenspiel« aus der Oper ›Die Zauberflöte‹ aus der Klavierschule gespielt habe. Er lobt mich, setzt mich aufs Knie, und ich frage ihn: »Aber gelt, es ist gar nicht wahr, daß du mit der Tante auf der Hochzeitsreise in München in dem Himmelbett geschlafen hast, von dem du mir eine Karte schicktest?« Der Onkel lacht und sagt: »Doch, doch!« Die Tante lacht auch, aber jetzt ganz anders als vorher, und ich fühle, daß sie meine Frage mißbilligt. Aber ich merke auch, daß sie dem Onkel gefallen hat; er hat mich ja auch viel lieber als die Tante. Sie sind nun alle längst tot, aber sie sind mir zum Greifen nahe. Was doch solch kleine Dinge wie Quittenplätzchen an Erinnerung lebendig werden lassen können.

Immer wieder Kinder!

Wenn ich längere Zeit mit Kopfarbeit beschäftigt war, dann verspüre ich einen Heißhunger nach den Enkelkindern. »Moderne« Frauen mögen das vielleicht nicht verstehen. Ich aber muß diesen Hunger stillen, sonst erleide ich Schaden. Heute habe ich Glück, als ich nach ihnen telefoniere. Froh um ein paar entlastete Stunden bringt man sie mir, und Martin und Meite kommen sichtlich gern. So ergibt sich an einem trüben Novembertag wieder einmal das heutzutage fast unglaubliche Idyll von »Kinderstube«. Wir sitzen alle drei am Tisch. Der Kleinen habe ich den Klavierstuhl hochgeschraubt. Auf diesem altmodischen, runden Hocker sitzt sie die längste Zeit, mit geradem Rückgrat, vor einer Riesenschachtel farbiger Perlen, zufrieden und ins Spiel versunken, obschon ich ihr nichts gebe als von Zeit zu Zeit ein freundliches Wort oder ein Streicheln über das Köpfchen. Oben am Tisch spiele ich mit dem Knaben Domino, Quartett, Eile mit Weile. Ich weide mich an seinem Ernst und Charme, versuche mir das schmale, jetzt noch so zarte Gesicht in der Formung des späteren Erwachsenen vorzustellen, das ich in Wirklichkeit wahrscheinlich nie zu sehen bekommen werde. Gleich tadle ich mich, wozu auch solche Gedanken? Jetzt ist er, wie er ist. Das Geschöpf dieses Augenblicks, dessen Lieblichkeit mich ergreift. Vor allem die Augen. Nur ein einziges Mal habe ich solch rätselhaft dunklen Kinderblick an einem Erwachsenen gesehen. Vor bald vierzig Jahren, als ich im Festwochenchor unter der Leitung Toscaninis in Verdis Requiem mitsingen durfte. In der Probe stand ich ihm einmal auf Schrittweite gegenüber, und für etwa zwei Sekunden waren seine Augen auf mich gerichtet, dunkel und aus einer Tiefe, die sonst nur bei Kindern möglich ist. Es war die Suggestionskraft dieses Blicks, mit der er Sänger und Musiker – sie gehorchten ihm fast ohne Wink – unter seinen Willen bändigte. Doch Toscanini hatte nicht nur einen Zauberblick, er hatte auch einen Zauberstab, den er zum Dirigieren benutzte. Während einer Probe warf er diesen Stab einmal auf einen Musiker im Orchester, der sich einen falschen Einsatz hatte zuschulden kommen lassen. Toscanini zischte ihn an: »Porco!« (Schwein) Damals war ich jung und empfindsam; meine Verehrung für Toscanini bekam einen Sprung.

Bei dieser Erinnerung fällt sogar in des Bübleins tiefen Blick etwas Trügerisches. Ich beobachte ihn jetzt ganz nüchtern. Gerade verliert er beim Spiel und nimmt es offenbar gelassen hin. Es frohlockt ein wenig in mir: Er kann beim Spiel verlieren! Er ist – obwohl zu seinen Ungunsten – für Gerechtigkeit. Gute Eigenschaften vom Standpunkt des Pädagogen. Und vom Standpunkt des Sich-im-Leben-

Behauptens? So weit bringt es meine Großmütterlichkeit nicht, daß sie das mit ihrer Liebe bedachte Geschöpf unter den Verlierern wissen möchte. Vielmehr möchte sie Schonung erbitten. Unausrottbare Schwäche der Mütter: schützen wollen statt aussetzen. Nie kann ich die Kinder ohne einen Anflug schlechten Gewissens lieben und nie ohne eine Spur Trauer. Schließlich bin ich doch mitschuldig an ihrem Dasein.

Am Abend, nachdem sie abgeholt worden sind, lese ich die Zeitung. Ein Unmensch – oder soll ich sagen ein armer Verirrter, ein seelischer Krüppel? – hat ein Kind verschleppt und bestialisch umgebracht. Mir wird fast übel. Jedem Kind kann das geschehen, wenn Zufall oder Umstände es fügen. Im Augenblick fühle ich mich als die Mutter jenes Kindes, erlebe es, wie sie es erlebt haben muß, mache des Kindes Angst durch, sein langsames Sterben unter den Würgerhänden.

Haben wir denn kein Mittel gegen das Unmenschliche im Menschen? Ich höre nur Schweigen und gehe wie ein Automat an meine Arbeit.

Es ist immer zu wenig

Meine Jugendfreundin Annemarie hat mich an den Zug gebracht. Bis zur Abfahrt bleibt sie bei mir stehen. Das ist gut und schützend in der Eisengerüstwelt des Bahnhofs, im Lärm und in der Fremde herumgewürfelter Menschen. Wir tauschen noch letzte Worte.

»Warum kehrst du nicht in deine Heimatstadt zurück?« frage ich. »Du wärst weniger einsam. Du fändest alle noch verbliebenen Freunde und Bekannten wieder und vertraute Orte.«

Ich kenne ihre Antwort im voraus. Ich weiß wohl, was sie in ihrem abgeschiedenen Viertel der Großstadt hält. Die Nähe der Kinder geht der der Freunde vor. Kann man uns Müttern diese Anhänglichkeit je austreiben? Dieses triebhafte, einseitige, von den Alten zu den Jungen stürzende Gefälle! Manche nennen es ein primitives Verhalten. Unsere Töchter, immerhin auch schon Vierzigerinnen, reden verächtlich davon. Sie geben vor, klüger zu sein, aufgeklärter, fühlen sich überlegen und sicher vor solchen Anwandlungen. Die Aussicht auf Ablösung und Entfernung von den Nachkommen ängstigt sie nicht. »Wir haben unseren Beruf, unsere Aufgaben, unser Eigenleben.«

Gerade darüber sprechen Annemarie und ich, ehe der Zug sich in Bewegung setzt. Wir fragen uns: »Werden sie die Gefühle der natürlichen Bindung in der Zukunft auch bewältigen? Später, wenn sich der Kreis ihrer Generation lichten wird wie jetzt der unsrige? Wenn die Lebenskraft schwächer wird? Werden sie durchhalten, wenn sie einst das Mal des Alters tragen müssen?«

Zum Trost sagen wir uns: »Lassen wir es damit gut sein, daß sie sich heute stark fühlen und ihr Leben ausgefüllt ist. Mehr dürfen wir nicht verlangen. Wir sollten endlich das erste Gebot des Alters gelernt haben: nicht mehr zu fordern. Sogar der Wunsch, geben zu wollen, verbietet sich manchmal. Wozu also immer heimliche Zugänge graben?«

Wir zwei sind ehrlich zueinander. Wir wagen auch ungemütliche Hinterfragungen. »Wie war es eigentlich mit uns selbst, damals, in der Mitte unseres Lebens? Haben wir den Gefühlen unserer Eltern das entgegengebracht, was wir an unseren Kindern vermissen?«

»Ich glaube schon«, sinnt Annemarie. »Ich habe meine Eltern sehr geliebt, sie müssen es gespürt haben. Ganz besonders verbunden war ich dem alternden Vater. Seine Tapferkeit, sein Humor im Alter rührten mich, stellten mir überlegenes Menschsein vor. Wie froh bin ich, ihm all die kleinen Liebesdienste erwiesen zu haben. In seiner Unbeholfenheit durfte nur ich ihm die Finger- und Zehennägel schneiden, und den ganzen Jammer seiner letzten Leidenszeit hat er vor mir allein ausgeschüttet. Auch Mama, die neunzig Jahre alt wurde, habe ich sehr geliebt und für sie alles getan, was in meiner Möglichkeit stand. Trotzdem glaube ich manchmal, es sei noch zu wenig gewesen.«

»Es ist immer zu wenig, was der Mensch für den Menschen tut«, sage ich, während die Türen zur Abfahrt schon zugeschlagen werden.

Schwiegermutter im Affekt

Einer der Enkel hat eine doppelte Mittelohrentzündung. Er muß erfahren, was Leiden ist. Er wirft vor Schmerzen den Kopf verzweifelt herum. Nicht einmal die Zäpfchen wirken lindernd. Außer mir hat niemand besonderes Mitleid mit ihm. Die Mutter tut zwar das Möglichste, tröstet, läuft zum Arzt, um Medikamente zu holen; aber sie macht nicht das gleiche durch wie ich. Ich möchte lieber die Schmerzen selber haben als meinen Enkel leiden sehen. Der Schwiegersohn vor allem erscheint mir gefühllos; er spricht von Hysterie, wenn der Knabe, schon im Heilungsstadium, sich dem Fernsehen hingibt, sobald er einen Augenblick Ruhe vor den Schmerzen hat, aber dann plötzlich wieder stöhnt. Der Ausdruck Hysterie bringt mich auf. Vor solch brutaler Ungerechtigkeit bin ich nicht imstande, überlegen zu bleiben. Ich mache dem Vater Vorwürfe. Es hätte ein Streit daraus entstehen können, es entsteht aber keiner. Der Schwiegersohn läßt der bösen Schwiegermutter das letzte Wort. Er schweigt. Was dabei innerlich am Schwiegermutterbild schief wird, weiß ich nicht. Es ist immerhin ein gutes Zeichen, wenn die Schwiegermutter eine Bemerkung im Affekt wagen darf. – Am nächsten Tag erzählt mir meine Tochter, er habe sich nachts des Kindes angenommen, weil sie selber nach mehreren gestörten Nächten völlig erschöpft gewesen sei. Seine Härte war also nichts anderes als eine Wehr gegen sich selbst. Manche Menschen können nur auf diese Weise Angriffe auf ihr Gemüt aushalten.

Gedanken über das Gedächtnis

Oft meine ich, ich müßte manches, was ich in meiner Jugend spielend gelernt und – wohlgemerkt – nicht ganz vergessen habe, wieder auf neue Weise lernen. Als sei es damals nicht tief genug gegangen, nur in ein breites Aufnahmefeld gesunken, dort verharrend, leicht gedeihend, aber ungenügend Wurzeln schlagend, so daß es mit der Zeit verkümmerte. Anderes hingegen, was ich mühsam einackern mußte, war beständiger. Das trifft auch auf meinen Wortschatz zu, sei es in der eigenen oder in einer fremden Sprache. Es kommt vor, daß mir ganz alltägliche Ausdrücke nicht mehr zur Verfügung stehen, die früher »wie von selbst« vorhanden waren. Schwierigere dagegen, ausgefallenere, die ich mühsam einarbeiten mußte oder die sich mir anläßlich einer eindrücklichen Erfahrung eingeprägt hatten, sind mir bis heute treu geblieben. Das Gedächtnis kann sich recht eigenwillig verhalten.

In meinem Alter taucht bei häufigen Wortverlusten leicht eine Befürchtung auf – Arterienverkalkung! Die meisten meiner Altersgenossen rufen von Zeit zu Zeit, angestrengt nach einem Wort suchend, dieses Gespenst herauf. Mich macht es nicht so leicht kopfscheu. Ich denke an alte Schauspieler, die noch große, das Gedächtnis anfordernde Rollen bewältigen; ich beschwöre nicht nur einen Adenauer als ermutigendes Beispiel oder den über achtzigjährigen Professor Paul Häberlin, der eine einstündige, anspruchsvolle Rede mit größter Präsenz und Mannigfaltigkeit des Ausdrucks frei vortrug, sondern auch weniger herausragende Personen, die sich im hohen Alter gewandt, treffend, mühelos ausdrücken. Immer wieder ereignet es sich, daß man in einer Gesellschaft nach einem Wort, nach einem Namen sucht. »Wie hieß nur jener Ort, jene historische Figur, jener Dichter?« Allgemeines Grübeln. Selbst die Jüngeren besinnen sich mit zusammengezogenen Brauen, bis es einer plötzlich weiß. Nicht selten kommt ein Älterer allen Jüngeren zuvor.

Mit ihren Klagen über das Gedächtnis übertreiben alternde Leute meist und suggerieren sich und den anderen den Schwund. Vielleicht vertuschen sie, daß sie ihr Gedächtnis längst nicht mehr geübt haben. Sie rufen den tatsächlichen, den krankhaften Zerfall zu früh und zu ängstlich herbei. Nicht jedermann eignet sich zum Quiz-Champion. Und wer vergißt nicht Namen? Namen, die man des öfteren und mit Interesse ausspricht, entfallen nicht so leicht. Erst wenn einer den Namen Jesus nicht mehr findet oder den seiner Heimat oder gar den eigenen, dann wird es schlimm.

Sollte es einmal so weit mit mir kommen und mein Gedächtnis »erblinden«, was bliebe noch von mir? Ich mag nicht daran denken. Noch darf ich mir des Wunders bewußt sein, Gedächtnis zu haben. Es ist mir keine Selbstverständlichkeit, so wenig wie das Phänomen, daß ich gehen kann oder daß meine Sinne funktionieren. Je älter ich werde, desto wundersamer erscheinen mir diese Fähigkeiten. Was sie im Letzten bewirken, im Allerletzten, hat meines Wissens noch keine Wissenschaft ergründet.

Der geistliche Schüler

Besuch von einem ehemaligen »Schüler«. Das Wort muß ich in Anführungszeichen setzen, denn ich war in diesem »Lehrverhältnis« wohl ebensosehr Schülerin wie Lehrerin.

Es war nach dem Tod meines Mannes, als ich allein blieb und mich der Heilkraft der Arbeit erinnerte. Der Heilsamkeit auch, von sich selber wegzukommen, der Notwendigkeit, sich in andere hineinzudenken und zu fühlen. Der Zufall spielte mir eine förderliche Betätigung zu. Ich fand Gelegenheit zu unterrichten.

Er war einer meiner ersten Schüler. Es machte mir fast ein wenig bange, als ich ihn zum ersten Mal vor mir sah, einen etwa vierzigjährigen, einmeterneunzig großen, geistlichen Herrn in dunkler Zivilkleidung.

Er sei Emigrant und ehemaliger Dogmatikprofessor. Er »roch« sozusagen nach hoher theologischer Gelehrsamkeit, saß mir ernst wie ein gotischer Heiliger gegenüber. Zögernd begann ich meine Aufgabe. Er verlange keinen systematischen Unterricht, sagte er. Er habe schon einige Vorkenntnisse im Deutschen, es gehe ihm hauptsächlich um Konversation, trug er in wohlgesetzter Rede vor.

Es ging über Erwarten gut. Die täglichen Lektionen zogen sich stets in die Länge. Ob sie noch Unterrichtsstunden genannt werden konnten, fragte ich mich; denn wir diskutierten am Teetisch wohl auch über spitzfindige grammatikalische Probleme, führten aber hauptsächlich Gespräche nach Themen, die er bestimmte. Er wollte über Geschichte, kulturelle Belange, Staatsform und Mannigfaltigkeit schweizerischen Wesens überhaupt aufgeklärt werden. Ich gab, was ich von all dem wußte, subjektiv aus meinem Erlernten, Erfahrenen und Bedachten, wies ihn aber auch vorsichtig auf Literatur zur Erweiterung seiner Kenntnisse hin. Ich lernte lehrend sehr viel. Längst Festgefahrenes wurde mir wieder bewußt und neu geprüft. Als Gegengabe erzählte er mir von seiner zurückgelassenen Heimat, aus ihrer Geschichte und von ihrer Unfreiheit des Geistes, aber auch aus seinem persönlichen Lebenslauf mit allen Schwierigkeiten und Prüfungen. Ich hatte, während er sich in erstaunlich differenzierter Ausdrucksweise mitteilte, nur seine sprachlichen Fehler zu korrigieren, wobei es hauptsächlich um Artikelverwechslungen oder Deklinationsirrtümer ging. Hie und da mußte ich mit einem Ausdruck helfend eingreifen oder ihm eine Auswahl Synonyme vorlegen.

Er kam ein ganzes Jahr lang fast täglich zu mir, und wir freundeten uns an. Der geistliche Professor verwandelte sich mir vom Denker-Gelehrten in einen Menschen mit Problemen, der sowohl leidensfähig als auch genußfähig war, allen Möglichkeiten des Lebens freudig offen, der viel Humor hatte und herzlich lachen konnte. Er stellte mir auch seine Eltern vor, als sie auf Besuch in die Schweiz kamen. Als Emigrant war er vorläufig zur beruflichen Untätigkeit verurteilt. Ich machte sein langes Warten auf eine versprochene seelsorgerische Aufgabe mit bis zu dem Tag, an dem sie ihm zugewiesen wurde.

Es lag nahe, daß wir oft theologische und religiöse Themen zum Gegenstand unserer Unterhaltung nahmen. Dabei lernte er mich duldsam, ohne jeden Versuch der Beeinflussung, als Zweiflerin kennen, aber beide trafen wir uns in der respektvollen Scheu, die Schöpferkraft beim Namen zu nennen.

Heute, nach Jahren, besucht er mich manchmal im Gedenken an die für ihn so schwere, tatenlose Zeit, die ich ihm ein wenig überbrücken helfen durfte. Ich empfange ihn mit derselben Dankbarkeit in Erinnerung an eine auch für mich schwere Zeit, die er mir durch seine tägliche anregende Gegenwart ebenfalls erleichterte. Wenn er kommt, braucht es stets eine Anlaufzeit, bis wir wieder dort ankommen, wo wir uns damals trafen. Es geht über längeres Befragen nach Gesundheit, Familie, Arbeit, aber dann sind wir auf einmal wieder mitten drin im Forschen nach dem eigentlichen Lebenssinn. Und nur zu bald ist die Zeit um, er muß sich verabschieden, wegfahren in den tätigen Alltag seiner herben Nachfolge Christi.

Nie verabschiedet er sich mit einem religiösen Hinweis, vielmehr mit einem Wort philosophischer Gelassenheit. Aber es ist immer ein Wort, das mich nicht im leeren Alleinsein zurückläßt.

Gestörter Sonntag

Ich durfte im Radio über meine Vaterstadt erzählen. Immer noch erhalte ich Telefonate und Briefe von Leuten, die sich darüber gefreut haben. Die schriftlichen Bekundungen will ich beantworten, auch wenn es eine Menge Zeit kostet, gerade jetzt vor Weihnachten. Denn soll ich jenen, die sich hinsetzen, um eine alte Frau für ein wenig Unterhaltung mit einem Brief zu belohnen, nicht danken? So tun, als ob man unempfindlich für Lob wäre, das kann man, wenn man jung ist und glaubt, noch viel davon voraus zu haben. Die mir Dank Sagenden verdienen es, daß ich das ganze, die Woche über zurückgelegte Bündel Zeitungen um ihretwillen beiseite lege. Ich bin auch heute gar nicht aufgelegt für all die bedrückenden Meldungen. Man hat so seine Tage, an denen man die Zeitungen nicht erträgt.

Die darin enthüllte Gewinn- und Habsucht, die schaurigen Entwicklungswehen der Zeit, nicht schlechter zwar als früher, nur verhohlener, getarnter und teilweise auch scheinheiliger. Heute anstelle von offenen Kriegen, Recht und Ordnung lähmende Banden; ewiger Mißbrauch der Gewalt, gestern wie heute, einmal im Namen der Freiheit, ein andermal unter dem Vorwand, eine bessere Welt vorzubereiten. An Seuchen sind wir nicht ärmer geworden, nur heißen sie heute nicht Pest und Aussatz.

Die Last der Erfahrung eines langen Lebens ist manchmal nicht leicht zu tragen. Zudem regnet es seit Wochen, als wollte die Sonne nichts mehr mit den Menschen zu tun haben. Freundliche Briefe abzufassen kann mir jetzt nur heilsam sein.

Doch kaum habe ich begonnen, unterbricht mich ein Telefonanruf.

»Was verschafft mir die Ehre?« frage ich meinen Enkel Gianni. Er möchte, daß ich ihm die Einsamkeit etwas vertreibe. Sie sind alle ausgeflogen, die andere Großmutter in der Kur zu besuchen. Er ist als Rekonvaleszent zurückgelassen worden. Ich wundere mich und bin gerührt, daß er zugibt, es behage ihm nicht, allein zu sein. Er ist sonst doch so stolz auf seine Selbständigkeit.

Kaum habe ich zugesagt, ihm in seinem Hausarrest Gesellschaft zu leisten, meldet man sich von seiten der Sohnsfamilie.

»Wir haben Malerarbeiten in der Wohnung, Meite stört uns empfindlich. Könntest du vielleicht...?«

Gibt es da etwas zu überlegen? Der versprochene Besuch und die Wartung der Kleinen lassen sich vereinen. Meine Schreibereien räume ich allerdings etwas kummervoll beiseite. Aber dann jähe Freude! Noch wartet auf mich jemand, der meiner bedarf. Der Rest des Tages zeichnet sich lustvoll ab. Das Zusammensein mit dem gescheiten Buben, auf seine Bemerkungen parieren, die stets zu überlegen geben, Neues von ihm lernen. Er wird mich über Fliegerei unterrichten, mir technische Dinge erklären, die längst über meinen Horizont gehen, mir eine dieser lauten Pop-Platten vorspielen und mich belehren, daß der Rhythmus das Faszinierende daran sei.

Und dazu Meite, meine Meite! Sie kann jetzt ordentlich sprechen und ist damit zum Leben aufgewacht. Sie will alles begreifen, auch mit den kleinen Händen. Es wird ein wenig anstrengend sein, ihr Be-greifenwollen, aber schön. Wir werden zu dritt Tee trinken und Kuchen essen, und ich werde bei ihnen sein, sie ansehen, ihnen zuhören. Wie schön kann das Leben doch sein!

Heiliger Abend

Für mich ist der Abend des Vierundzwanzigsten eigentliches Weihnachten. Ich habe eine Fülle von Heiligen Abenden in meiner Erinnerung bewahrt. Fast alle haben etwas Unwiederbringliches zurückgelassen. Keiner war einsam. Und nun will niemand, ich selbst auch nicht, verstehen, daß ich ihn dieses Mal ganz allein erleben möchte. Die Kinder haben versucht, mich zum Mitfeiern in ihren Familien zu bewegen, denn sie glaubten nicht, daß es mir wirklich ernst damit sei. Ich blieb fest. Und wie gesagt, ich weiß nicht, warum ich so gerne ganz auf mich selbst zurückgezogen sein möchte. Ich hänge doch an meinen Kindern und Enkeln. Ich habe mich gefragt: Steckt etwa ein unbewußter Trotz dahinter, möchte ich zeigen, wie unabhängig ich geworden bin? Will ich mich in Vergangenes verspinnen? Ungestört etwas in mir festhalten? Eine Stimmung vergangener Weihnachtsabende vielleicht? Mich im Gedenken mit lieben Verstorbenen vereinen? Oder will ich ganz einfach einmal »Ja« sagen zu der unausweichlichen Vereinzelung der Menschen und dies gerade am Abend des großen Gemeinschaftserlebnisses durchstehen? Ist es letztlich ein Protest gegen ein an Weihnachten künstlich Vorgegebenes, das doch nie völlig zum Stimmen kommt?

Ich werde nicht klug aus mir selber. Ich will gewiß niemandem damit weh tun. Schließlich werden wir ja alle am Fünfundzwanzigsten zum großen Familienfest vereint sein.

Nun ist dieser Abend angebrochen. Ich fühle mich frei und wohl. Keine Kerze brennt. Wie an einem gewöhnlichen Tag nehme ich mein Abendbrot. Noch etliche Male klingelt das Telefon. Besorgte Menschen – eine Kinderstimme. Die Tochter, die bei den Schwiegereltern feiert: »Du brauchst nur anzurufen, und ich eile, dich zu holen.« Die Schwiegermutter kommt selbst an den Apparat: »Du bist uns jederzeit willkommen.« Es rührt mich. Wäre ich nicht so schrecklich müde, würde ich jetzt schwach. Aber ich kann allen versichern, daß ich ihnen dankbar bin, mich aber geborgen fühle. Ich denke an die vielen, die jetzt nicht freiwillig einsam sind. Es ist, als wollte ich die Probe machen, ihnen allen an diesem Abend gleich zu sein.

Früh gehe ich zu Bett. Ich möchte etwas Weihnachtliches lesen. Ich habe ›Gösta Berling‹ hervorgeholt. Ich freue mich, Weihnachtslieder zu hören, helle Knabenstimmen eines Domchors, wie sie das Programm des Fernsehens verspricht. – Es kommt nicht dazu, das Buch fällt mir aus der Hand, ich verfalle in eine wohlige, glückliche Müdigkeit, die schon jenseits aller Dinge ist, und schlafe ein.

Ganz ungewohnterweise schlafe ich zehn Stunden lang, sehr tief und erholsam. Kann Schlaf ein Weihnachtserlebnis sein?

Der Weihnachtstag

Ich erlebe ihn bei meiner Tochter. Er spielt sich festlich im großen Familienkreis ab. Das erste, was ich bemerke: Sie sieht müde aus, fühlt sich überfordert von den weihnachtlichen Vorbereitungen. Sie hat sich zu sehr verausgabt, alle heimlichen Wünsche zu erfüllen. Sie ist darin Meisterin, trifft nie daneben, findet immer überraschend Beglückendes. Auch jetzt waltet sie als verkörperter Wille, Freude zu bereiten, und zaubert wohlige Stimmung. Ihr Dänenmädchen und dessen Freundin, die im Fremdland Weihnachten feiern müssen, sind darin einbezogen. Die Kinder sind sanft zufrieden, und es will mir scheinen, nicht nur um der Geschenke willen. Keine Mahnung, kein Befehl, kein böses Wort fällt an diesem Abend. Sie dürfen tun und lassen, was sie mögen. Die großen Buben gehen nach der Bescherung in ihre Zimmer. Sie wollen in Ruhe ihre Geschenke betrachten und ausprobieren. Ganz selbstverständlich vollzieht sich ihr Rückzug, und es geht mir durch den Kopf: In ein paar Jährchen werden sie ebenso selbstverständlich aus unserem Kreis verschwinden, um ihre eigenen Wege zu gehen. Daß ich doch nie ungetrübt in der Gegenwart verweilen kann! – Schon Meite fühlt sich heute mehr zu ihren Generationsgefährten hingezogen und strebt von der Mutter weg zu ihrem Vetter Gianni. Der sitzt indessen seit Stunden, in eine knifflige Bastelei vertieft, in seinem Zimmer. Er ließe sich lieber nicht stören, denn sie raubt ihm ständig kleine Bestandteile vom Arbeitstisch. Weil Weihnachten ist, duldet er es großzügig. Nur einmal, als sie im Eifer ihr Wässerchen neben ihm hat laufen lassen, ruft er mich entsetzt herbei: »Komm, schau doch, was das ›Frauenzimmer‹ angerichtet hat!« Die Mutter eilt mit Schaumspray und Schwamm herbei, den Schaden auf dem Teppich zu beheben. – Von Zeit zu Zeit versammeln sich alle um das Weihnachtsbuffet. Jeder darf sich auf den Teller nehmen, wozu er Lust hat. Wie durch Zauber fällt die Königsmandel im Weihnachtspudding dem zu, der diese Aufmunterung zur Zeit am nötigsten hat. Der sensible Kleine genießt das Gewinnerglück und darf ein Extrageschenk in Empfang nehmen.

Um zehn Uhr beginnt der Aufbruch der Familien mit den jüngeren Kindern. Es stimmt mich immer wieder wehmütig, wenn die Familie auseinandergeht. Ich stehe dazu und habe kein schlechtes Gewissen deswegen, es gehört zu meiner Person.

Dann stehen wir eine Zeitlang in den verlassenen Räumen, die Tochter und ich, sammeln Buntpapier, Silber- und Goldfäden zusammen. Die Dänenmädchen räumen das Geschirr in die Küche. Plötzlich steht unverhofft noch Spätbesuch vor der Tür, Menschen, die am Weihnachtsabend nach der Feier zu Hause noch zu Menschen wollen, die sie freundlich empfangen. Das Spontane daran ist besonders schön. Wir sind dann auch bei anregendem Getränk sofort mitten im öffnenden Gespräch. Ich sehe meine Tochter an. Nichts verrät ihre Müdigkeit, sie bewirtet, ist um das Wohl der Gäste besorgt. Ich aber denke für mich: »Sie hat bei allem Wirklichkeitssinn etwas Weihnachtliches an sich.«

Nachweihnachtliches

Am 26. Dezember, dem zweiten Weihnachtsfeiertag, hat meine Tochter mit ihrer Familie einen Gefangenen besucht. Er war der Freund einer ehemaligen Familienhilfe gewesen. Nie war ihnen etwas Besonderes an dem sympathischen jungen Mann aufgefallen. Sie wußten nicht einmal, daß er trank;

denn das tat er nicht, solange er seine Freundin um sich hatte. Erst nachdem sie in ihre Heimat zurückgekehrt war, verfiel er aus Heimweh wieder der Sucht, und unter der Wirkung des Alkohols legte er menschengefährdende und schadenstiftende Brände. Nun sitzt der Bedauernswerte schon ein Jahr in Gewahrsam.

Meine Tochter war ebenso wie ihre Söhne und ihr Mann von dem Besuch sehr erschüttert. Sie zeichnete mir eine Skizze der inneren Anlage des Gefängnisses auf, während sie mir das Gespräch wiedergab, das sie mit dem Gefangenen geführt hatten. »Man ist gut zu uns, wenn wir nicht widerspenstig sind«, habe er gesagt. Langweilig sei ihm nie, er habe seine Arbeit, dürfe auch lernen. In der Freizeit beschäftige er sich mit seiner Markensammlung, er lese viel und wisse sich immer zu beschäftigen. Der Bruder habe ihm zu Weihnachten eine Stereoanlage geschenkt.

»Er ist an sich ein so harmloser und lieber Mensch«, beteuert mir meine Tochter immer wieder. »Er ist kein Verbrecher, er ist ein Kranker. Und nun muß er zusammen mit Räubern und Mördern leben...«

»Die vielleicht allesamt auch nur arme Kranke sind«, ergänze ich.

Aber da nennt sie den Namen eines Mitinsassen, eines Lebenslänglichen, der mir beim bloßen Hören einen Schock bereitet. Er ist für mich der Inbegriff des Verbrechers, er hat aufs grausamste gemordet und aus niedrigsten Motiven. Daß ich hier das Wort »Krankheit« nicht mehr hervorbringe, wo es vielleicht am ehesten am Platz wäre! Mir graut vor jenen schaurigen Lebensblößen, mit denen der Menschenverstand nie fertig wird.

Meine Tochter fährt fort in ihrem Bericht. »Unser Brandstifter ist Pyromane, das Gespräch hat es uns deutlich verraten. Stell dir vor, er sammelt Zündhölzer – abgebrannte allerdings –, aber mit kindlicher Freude. Er malt auch. Ein Mithäftling, Kunstmaler, sei der Meinung, er habe großes Talent. Nun sei sein größter Wunsch, den Brand, den er entfacht habe, zu malen. Therapie? Oder läßt ihn das Feuer nicht los? – Der Ärmste! Er wird seine fünf Jahre absitzen. Was soll aus ihm werden? Die Freundin schreibt ihm von Zeit zu Zeit. Immer spärlicher. Er hat sie an einen andern verloren. Wird er je von seiner verderblichen Lust nach Feuer geheilt sein?«

Weihnachtszeit und diese dem menschlichen Verstand unbegreiflichen Gegebenheiten! Fehlleistungen im Schöpfungsplan? Nichts bleibt uns als der standhafte Versuch, dagegen zu kämpfen mit unseren schwachen, menschlichen Mitteln.

Mit diesen Gedanken gehe ich in den nachfestlichen Alltag. Auf meinem Stubentisch, neben dem Weihnachtsarrangement, ist das Blatt mit der Gefängnisskizze liegengeblieben.

Aus meinen Weihnachtsbriefen

Sämtliche Briefe sind von alten Leuten geschrieben. Der erste stammt von einem Freund im Ausland, der etwas über sechzig ist.

»Wahrscheinlich habe ich es Dir schon einmal geschrieben, daß ich für Weihnachten gar nichts mehr übrig habe. Ist schon sonst alles eine Hetzerei, so ist es die Zeit gegen Jahresende erst recht. Nur – es ist doch die Zeit, einem lieben Menschen wenigstens ein paar Zeilen zu schreiben, denn daß man bei dieser Hetzerei an einen lieben Menschen überhaupt noch denken kann, ist schon ein Lichtblick. Wie geht es Dir? Wir denken oft an Dich. Es ist schon bitter, daß man den größten Teil seines Lebens nicht mit Menschen verbringen kann, die man schätzt und gerne hat, sondern mit solchen, die man am liebsten am Nordpol oder sonstwo weit weg wissen möchte. Du kannst aus diesen wenigen Zeilen meine Grundstimmung erkennen. Also berichte ich von uns nicht viel. Meiner Frau geht es gar nicht gut. Wir wursteln uns so durch, aber es ist mühsam. Ich kämpfe gegen diese Grundstimmung, schließlich muß man auch dankbar sein. Es gab selbst in diesem für uns nicht erfreulichen Jahr helle Tage, daher können wir mit Berechtigung hoffen, daß das nächste wirklich besser wird. Es ist nur nicht ganz leicht, sich immer bewußt zu bleiben, daß der Himmel, ob blau oder grau, seine Reize hat und daß ein Stück Brot immer eine Gabe ist...«

Ein anderer treuer Freund aus der Jugendzeit, schon weit über siebzig, schreibt mir:

»Wie es uns geht? – Man muß zufrieden sein, man ist alt und wird immer älter, und Altsein ist nicht schön. Wenigstens ich finde es nicht schön. Ich muß viel Tabletten schlucken wegen der Schmerzen in Händen und Nacken. Und dann die Vergeßlichkeit – die *Vergeßlichkeit!* O je, o je!

Stell Dir vor, in Kürze feiern meine Frau und ich die Goldene Hochzeit. Es wird ein festlicher Tag sein wie damals, nur etwas weniger schwungvoll, wahrscheinlich mehr lukullisch. Fünfzig Jahre, das ist lang und erscheint mir doch so kurz. Die schönsten Jahre hatten wir in Übersee: fast zwei Jahrzehnte. Die restlichen – na ja, von einer Malaise in die andere. Ein Lichtblick, als Du und ich einander wieder trafen.

Du besuchst, wie Du schreibst, noch Theater, Konzerte, Kino. Wir haben große Schwierigkeiten in dieser Beziehung. *Sie* hat einen Hörapparat, *ich* habe einen Hörapparat, und wenn wir beide diese Instrumente im Ohr haben, dann tönt es über den Eßtisch: ›Schrei doch nicht so!‹«

Der Weihnachtsbericht eines befreundeten älteren Paares aus dem Tessin. Es verbringt Weihnachten im eigenen Ferienhaus, zieht Sonne, Frühlingsstimmung in der Landschaft der Feier bei Kindern und Kindeskindern vor und schreibt mir:

»Wir haben am Weihnachtstag tüchtig im Garten gearbeitet, ich mit aller Leidenschaft, er aus Hilfsbereitschaft und mit etlichem Gebrumm. Dafür gab's in der Loggia ausgiebige Siesta und etwas Süßes zum Kaffee (der Mann ist zuckerkrank). Hier blühen noch prächtige Rosen, und der Hamamelisstrauch ist auch in Blüte und der Winterjasmin. Am Morgen verweilen wir immer lange am Frühstückstisch, bis die Sonne über dem Berg aufsteigt und uns ins Gesicht strahlt...«

Ich kenne das Haus, die herrliche Sicht von der Loggia aus. Fast möchte mich Neid ankommen auf die Besitzer, und ich verstehe meine Freundin, die einmal, in viel jüngeren Jahren, zu mir gesagt hat: »Schau, das da draußen! Diese Schönheit! Ist sie nicht fast zersprengend? Wenn ich ans Sterben denke und daran, daß ich es dann nicht mehr sehen darf, das ergreift mich beinahe mehr als der Gedanke, für immer von meinen Lieben fortgehen zu müssen.«

Ein anderer Brief, begleitet von einer erneuten Einladung, aus dem Herzen Deutschlands.

»Zweimal rief ich Dich an, doch vergeblich. Es tat mir sehr leid, denn es war mir vor Weihnachten sehr danach, Deine Stimme zu hören...

Immer wieder machen uns gesundheitliche Störungen zu schaffen. Toni kämpft mit dem Rheuma, ich hab's mit der Blase zu tun. In die Pensionierung hat Toni sich gut gefunden. Immer wieder suchen Menschen Rat und Tat bei ihm, und das erfüllt er denn auch mit der ihm eigenen Gewissenhaftigkeit. Stunden und Tage beschäftigt er sich mit kniffligen und komplizierten Fällen und hat dann meistens die Genugtuung, auch helfen zu können. Mir ist's recht, und ihm macht es Spaß. Wenn er sich dafür bezahlen ließe, hätten wir ein ganz schönes Nebeneinkommen. Gottlob sind wir bei unserem bescheidenen Leben nicht darauf angewiesen.«

Ein paar kurze Zeilen, die das Bild meines Freundes wiedergeben. Toni ist ein Edelmann von Geburt und Charakter, einer der wenigen, der gibt, ohne ans Nehmen zu denken.

Bestürzend wirkt der Brief einer um etliche Jahre jüngeren Verwandten auf mich. Ich hielt sie stets für vitaler als mich selbst. Es steht wenig Weihnachtliches darin.

»Was Du zur Erneuerung von Haus und Garten getan hast, finde ich großartig. Siehst Du, bei mir hat sich das sehr geändert. Ich habe in dieser Beziehung gar keine Ambitionen mehr. Unser Garten war nach der herrlichen Frühjahrsblüte praktisch nichts mehr. Die Rosen wurden von Schädlingen befallen und haben schon im Juli die Blätter abgeworfen. Sie sehen sehr schäbig aus. Ich war in allem lustlos, und mir war es wurscht. Dringend nötig wäre es gewesen, Fenster, Türen, Gitter und alles Außen-Eisenzeug zu streichen. Nichts ist geschehen. Manchmal denke ich: Wozu? Und so bleibt es... Reisen würde ich gerne noch, aber da streikt mein Ehebester.«

Das macht mich traurig. Meine stets so tätige Vicky, der alles, was sie nur mit den Fingerspitzen berührte, geriet, die begnadet war mit der Gabe, was ihr in die Hände kam, schön und gefällig zu gestalten. Und nun scheint es in ihr auszusehen wie in ihrem Garten. Ist sie krank? Krank im Gemüt? Alterskrank? Kann man ihr helfen? Ich gehe ihr Schicksal durch, das von Höhen in Tiefen gestürzt wurde. In ihren schwersten Jahren hat sie sich zäh bewährt. Und jetzt, wo eigentlich alles zum besten steht, will sie ermatten. Macht ihr die Zukunft bange, in die sie nicht mehr viel Hoffnung zu legen vermag? Ist ihr nicht genug an der Familie, Kinder und Kindeskinder umfassend und an dem treuen Gefährten? Brauchte sie mehr und kann es nicht mehr erlangen? Halb bin ich böse auf ihre Schwermut, halb habe ich Mitleid mit ihr, und ich möchte doch mit jenen, die mir nahestehen, nicht Mitleid haben müssen! Die Antwort auf diesen Brief wird mir nicht leichtfallen.

Nach den Festtagen ist noch ein letzter Weihnachtsbrief angekommen. Meine Freundschaft mit der Absenderin überdauert schon fast ein Menschenalter. Wir sehen und schreiben uns selten, jedoch mit der Offenheit, die vielleicht durch die Entfernung erleichtert wird. Sie ist Witwe und hat Weihnachten bei ihrem Sohn verbracht.

»... Ich hatte mich sehr auf die Kinder gefreut und ein Kinderfest erwartet. Es war kein Kinderfest, nach meinem Gefühl nicht einmal ein Weihnachtsfest, eher ein Tafelfest. Der Bruder meiner Schwiegertochter, der immer noch Junggeselle ist, hantierte wichtig in der Küche als ›Chef de cuisine‹. Das Mahl war exzellent. Man saß lange bei Tisch, und ich wunderte mich, wie wenig Spannung die Kinder auf die verzögerte Bescherung hin zeigten. Der Sohn erklärte mir, sie seien halt sehr sachlich. Schließlich brannten dann doch die Lichter am Christbaum. Mein Sohn spielte auf dem alten Harmonium, dem von Tante Beth geerbten, ein paar Weihnachtslieder. Beinahe wäre es doch noch weihnachtlich geworden, aber nach der Bescherung setzte sich der Junggeselle ans Instrument und spielte Schlager auf Schlager.

Im Verlauf des Abends fragte ich so nebenbei, wie es den Kindern in der Schule gehe. Sie sind gute Schüler, erwiderte mein Sohn, nicht ohne Stolz. Ich freute mich und meinte dazu, daß es ein Glück sei, wenn Eltern mit den Kindern heutzutage keine

Schulschwierigkeiten hätten. Aber Bruder Junggeselle wußte es besser: ›Im Leben geht es ganz anders. Die Dummen und Faulen der Schulzeit bringen es meistens weiter.‹ – ›Wie weiter?‹ wollte mein Sohn wissen. Worauf der andere erklärte: ›Sie verstehen es, Geld zu machen, und sie haben Ellbogen, sich durchzusetzen.‹ Dazu wußte Rosmarie zu berichten, Steffi, unser Drittkläßler, habe kürzlich zu ihr gesagt: ›Mami, da ist einer in unserer Klasse, der kann rein gar nichts, aber er ist dafür groß und stark und überwältigt jeden.‹

Später am Abend wurden die Buben ein wenig grantig. Es ist ja meistens die Leere nach der Erfüllung. Rosmarie sagte, es sei jetzt Zeit fürs Bett. Steffi bat, den Christbaum nochmals anzuzünden, er sehe die Lichter so gern. Aber sie wollte nichts davon wissen. Das gebe wieder Arbeit, und sie habe auch Angst vor der Brandgefahr. Überhaupt komme ihr der Baum morgen auf die Terrasse hinaus. Es tat mir leid für die Kinder. Ich schwieg natürlich. Rosmarie war halt überlastet von den Weihnachtsvorbereitungen und vielleicht nervös von weiß Gott was für Sorgen. Dann wollte Steffi ›nur noch einmal die Platte abspielen‹, die ich ihm geschenkt hatte. Auch hier gab es ein Verbot. Zugegeben, er ist kein besonders gehorsames Kind. Er trödelte herum und mußte ein paarmal – ohne Erfolg – ermahnt werden, endlich ins Bett zu gehen, bis der Vater ihn am Kragen packte und an den

Haaren vom Spielzeug hochriß. Es gab Tränen und einen kleinen, ohnmächtigen Wutanfall. Mir war gleichfalls zum Heulen.

Als mich mein Sohn am andern Tag zur Bahn führte, machte ich ihm deswegen ein wenig Vorwürfe. Ob er sich denn nicht mehr in Kinder hineindenken könne? Dazu meinte er, er wolle nicht, daß sie ihm über den Kopf wüchsen. Dieses Antiautoritäre habe sich schlecht ausgewirkt. Alle Leute müßten immer irgendwem gehorchen. Ich sagte nur: ›Aber an Weihnachten!‹ Darauf schwieg er, und ich glaube, es war ihm nicht ganz wohl dabei. Du siehst es, sogar an Weihnachten hat man etwas, das einen traurig macht!«

Mir ist dieser Brief sehr zu Herzen gegangen.

Gespräch mit sich selbst

Länger als einen Monat habe ich nichts mehr ins Tagebuch geschrieben. Lebhafte Ereignisse ließen mir keine Zeit dazu. Arbeiten drängten. Ein Beitrag zum »Jahr der Frau«; die Ausarbeitung einer Wettbewerbs-Kurzgeschichte. Ich mußte sie in knapper Frist ausführen. Die Zwänge der Bedingungen empfinde ich als peinigend und mühsam. Da soll die Phantasie in hundert Zeilen eingeschnürt, aber auch die Geschwätzigkeit gedrosselt werden. Zuletzt glaubt man, ein Gerippe einzusenden, von dem man Muskeln, Nerven und Adern abgeschabt hat.

Wenn mir die Zeit nicht zum Niederschreiben des Erlebten langt, so schlägt es sich doch in Gedachtem, wohl auch in Träumen nieder. Wer allein ist, führt gern ein Selbstgespräch. Ist ein Tagebuch ein Selbstgespräch? Kann man zu einem Du in sich selbst sprechen, als wäre es ein Partner? Wer ist dieses Du in mir? Ist es nicht doch ein von der Phantasie geschaffenes Du außer mir? Wer wäre in diesem Fall mein angesprochenes Du? Ein schon lange dahingegangenes Du? Ein selbsterschaffener Freund? Eine Freundin? Was immer es sei: Ich schreibe, und schreibend spreche ich mich aus. Mir tut es wohl.

Kürzlich klagte mir jemand: »Ich verliere die Sprache im steten Alleinsein, ich finde die Worte nicht mehr.«

Ich riet ihm: »Sprich zu dir selbst! Oder schreibe dir selbst!«

Schwierige alte Leute

Ich war bei einem alten Paar zu einer Geburtstagsfeier eingeladen. Der Herr ist gelähmt, eine Pflegerin betreut ihn seit Jahren, gehört sozusagen zur Familie. Der Tisch ist hochzeitlich schön gedeckt. Man liest mir die Gaumenwünsche nicht bloß von den Augen ab, man fördert sie durch Köstlichkeiten, bevor sie mir nur bewußt sind. Gesprächsstoff ist vor allem die Gesundheit, dieses Gut, um das alte Menschen stets zu kämpfen haben. Mittel zu ihrer Erhaltung oder Besserung werden beschworen.

Später gesellt sich ein Sohn als Gratulant hinzu, ein kraftvoll in der Lebensmitte stehender Mann. Das Gespräch wandelt sich jetzt, streift Aktuelles im Weltgeschehen, auch die Lokalpolitik, es wird anregend. Nachdem er gegangen ist, trifft neuer Besuch ein, die Schwester der Pflegerin. Fräulein Josefine lebt im Altersheim, kommt wöchentlich ein paarmal vorbei, genießt hier Gastfreundschaft wie eine Verwandte. Täusche ich mich, wenn ich glaube, es fahre ein leichtes Erschrecken über die alten Gesichter meiner Gastgeber? Oder ist es bloß die düstere Miene der Besucherin, welche die wohlige Stimmung um ein Geringes dämpft? – Sofort nach der Begrüßung erkundigt man sich nach dem rheumatischen Übel der Angekommenen. Bereitwillig erzählt sie, sie sei am Morgen beim Arzt gewesen, erklärt sodann lang und breit, wie wenig Hoffnung bestehe, das Leiden zu bessern. Er habe von einer zu erneuernden Kur gesprochen, die vielleicht etwas Erfolg verspreche. Wir hören mit Mitgefühl zu, seltsamerweise mit einem Gemisch von Schuldbewußtsein, daß man selber zur Zeit gesund ist und nicht vom selben Übel befallen. Mir ist fast, als hätte die Klagende es darauf abgesehen, es zu erwecken. Ihre düsteren Augen blicken anklagend in die Runde. Warum fragt sie nicht nach dem Ergehen der andern, von denen doch auch jedes seine Plage zu tragen hat?

Es vergeht geraume Zeit, bis es gelingt, das Thema zu wechseln. Ich frage nach der Lebensweise im Heim, wo die Kränkelnde jetzt lebt. Es ist mir als eines der besten Altersheime bekannt, günstig und schön gelegen, so menschenfreundlich wie nur möglich geführt. Im Vorbeigehen bekommt man den Eindruck eines guten Hotels, in dem Gäste Ferien machen. Fräulein Josefine hat dort ihr mit eigenen Möbeln eingerichtetes Zimmer, eine kleine Kochnische und alles, was zur Bequemlichkeit gehört, dazu den Blick ins Grüne. Sie genießt die Freiheit eines Hotelgastes, nur an die Essenszeiten muß sie sich halten. Zugegeben: Es ist ein Mit- und Nebeneinanderleben, ein Leben vielleicht auch ohne Zukunft. Eigentlich hat Fräulein Josefine früher nie so gut und hübsch gewohnt. Aber sie ist nicht zufrieden – gar nicht zufrieden. Schwer zu erraten, welches die tieferen in ihrem Seelengrund verborgenen Ursachen dafür sind. Auf jeden Fall auferlegt sie uns neues Mißbehagen. Nicht bloß Erbarmen und Mitleid, vielmehr das Gefühl, mitschuldig zu sein an allem, was ihr das Leben angetan oder vorenthalten hat. Selbst wenn man mit ihrem Schicksal nicht das mindeste zu tun hat. Man macht sich Vorwürfe, wenn man sich beim Gedanken ertappt: Jetzt könnte sie doch, abgesehen von ihrem Rheuma, sorglos und angenehm leben. Andere Menschen leiden auch an Rheuma…

Allein, Fräulein Josefine eröffnet uns etwas Besonderes, was ihr den Aufenthalt im Altersheim vergällt: Eine der Hausgenossinnen ist ihr nicht wohlgesinnt, gibt ihr zu spüren, daß sie ihre Gesellschaft meiden möchte. Gestern sei sie ihr wieder provozierend ausgewichen. Das sei schon öfter vorgekommen und verleide ihr das Heim ganz gründlich. »Lieber möchte ich in einer abgeschiedenen Alphütte leben als an einem Ort, wo mir Feindseligkeit entgegengebracht wird!« sagt die Empfindliche erbittert. Wir versuchen, sie zu beschwichtigen, ihr klarzumachen, daß niemand bloß Freunde habe, daß man stets irgendwem auf die Nerven gehe, wie man auch sei oder wie man sich auch verhalte. Man solle sich wegen Unverträglichkeit mit einer einzigen Person doch nicht gleich aus dem Geleis werfen lassen, und was so der üblichen

Zusprüche sind. Fräulein Josefine muß selber zugeben, daß es sehr gut möglich sei, besagter Person in der weiten Ausdehnung des Heims aus dem Weg zu gehen; aber man begegne sich doch immer wieder zufällig.

Wahrscheinlich gehen wir ganz falsch an diese geplagte Seele heran. Es nützt nichts, ihr zur Vernunft zu raten, ihr etwa die Vorteile ihres jetzigen Lebens im Vergleich zum früher so sehr abhängigen darzustellen. Fräulein Josefine will in ihrem Unglück beharren. Immer wieder erwähnt sie die »einsame Alphütte«, die ihr als Friedenshort vorschwebt.

Wir sitzen hilflos da. In den Augen von Josefines Schwester, die für sie mit so viel Mühe den begehrten Platz im Altersheim erobert hat, steht große Angst; und auch Kummer. Josefine ist eine Kranke. Aber sie scheint sich daran zu laben. Kennt sie die Macht ihrer Krankheit, andere in Angst und Verzweiflung zu versetzen? Oder projiziert sie einfach ihre eigene Angst und Verzweiflung auf andere?

Krankheit – Gewalt, das ist keine gute Paarung. Unser Zuspruch erlahmt, schnellt nochmals härter vor mit dem Erfolg, daß Josefine uns gekränkt, ohne Abschied verläßt. Im letzten Versuch, sie zu versöhnen, springt ihre Schwester ihr nach. Unverrichteter Dinge, Tränen in den Augen, kehrt sie zurück, fragt verzweifelt: »Wie kann ich Josefine helfen? Seit Jahr und Tag versuche ich es umsonst.«

Das Gastgeberpaar, von Trostwillen angetrieben, zählt auf, was sie alles für die Niezufriedene schon getan habe. Welche Opfer sie bringe, wie sie ihr Kuren ermöglicht habe, sie ausrüste, beschenke, ihr das Zimmer mit Teppichen, Vorhängen, kleinen Kostbarkeiten schmücke. Und nichts komme zurück als Jammern und Klagen. Eine Alphütten-Sehnsüchtige wird den andern zum Alpdruck.

Mit gesenkten Blicken sitzen wir an der festlichen Tafel. Die Eistorte auf den Tellern ist geschmolzen, die Blumen in der Vase machen keinen mehr froh. Die Schwester rollt mit dem Bürstenwischer die Brosamen vom Damasttuch. Die Hausfrau holt als erste zu einem Zuspruch für die Traurige aus: »Sie sollten sich nicht so quälen lassen, ihre Klagen nicht so wichtig nehmen!« Wir pflichten bei, aber zum zweiten Mal an diesem Nachmittag erweisen sich Worte als ohnmächtig. Wie kann man jemanden von seinem strengen Gewissen erlösen? denke ich. Aber dann sind es dennoch ein paar wenige Worte, die uns verraten, was in der Seele der Bekümmerten vor sich geht: »Ich fühle mich meiner jüngeren, hilfloseren Schwester gegenüber als Mutter.«

So ist die Sachlage. Sie kommt nicht über ihren Mutterdrang hinweg, selbst wenn er ihr bloß Qual bringt. Man kann nur schweigen. Zwang zur Mutterliebe. Alles, was mit Liebe zu tun hat, ist schwer zu erfassen, führt nur zu oft ins abgründig Dunkle.

Quälerin Liebe – wie ist ihr beizukommen? Immerhin: Besser die Qual als die Wüste ohne Liebe.

›Tausend tolle Witze‹

Geburtstagsfest in der Tochterfamilie. Es zieht sich in einen ausnehmend gemütlichen Abend hinein. Ein Besuch ist noch hinzugekommen. Man sitzt zwanglos vergnügt bei einem Spätimbiß in der Küche, macht sich über die leckeren Reste des Festmahls her. Bei dieser Gelegenheit gibt jemand ein Rätsel auf, und wie es so geht: plötzlich ist man mittendrin im Witzeerzählen. Sie sind nicht anstößig, nur lustig, mit Rücksicht auf die Knaben. Diese zeigen sich heute als die »Füchse«. Ihr Repertoire ist unerschöpflich. Immer neue Kalauer bringen sie, immer schärfere Pointen. Der Jüngere, elfeinhalb, holt zum Überfluß ein Buch aus seinem Zimmer. Während er eifrig daraus vorliest, labe ich mich an seiner tadellosen Aussprache, achte kaum auf den Inhalt. Er ist so reizend spitzbübisch angeregt. Auch Eltern und Gäste lassen die Vorlesung amüsiert schmunzelnd über sich ergehen. Allmählich aber steigern sich die Pointen ins Drastische.

»Es langt jetzt!« meint die Mama.

Aber der Bub bettelt: »Nur noch diesen einen müßt ihr hören, es ist der allerbeste!«

Und als läse er einen Abschnitt aus dem Naturkundebuch, trägt er uns ungefähr folgendes vor:

»Ein Chef wird von seiner jungen Sekretärin anläßlich seines Geburtstags zu sich in die Wohnung eingeladen. Hocherfreut geht er hin, läßt sich in ihr Wohnzimmer führen, in dem ein festliches Buffet mit erlesenen Getränken bereitsteht. Doch zuerst verschwindet sie ins angrenzende Schlafzimmer mit den Worten: ›Wenn ich rufe, dürfen Sie hereinkommen!‹ Als die Aufforderung endlich erfolgt und er erwartungsvoll die Tür öffnet, steht seine ganze Belegschaft im Zimmer und singt: ›Happy birthday!‹ – Als Clou der Nachsatz des Chefs: ›Das Peinliche war bloß – ich hatte mich schon ausgezogen und stand splitternackt da!‹«

Der Bub blickt mit der Erfolgssicherheit eines Conférenciers um sich. Ein etwas betretenes Lachen unsererseits.

Der Vater fragt: »Woher hast du dieses Buch?«

»Von Tante Hedwig. Ich hatte es mir schon lange gewünscht, deshalb hat sie es mir gekauft.«

Die Sache ist nicht leicht zu verstehen. Die Großtante liebt ihn sehr. Durch unverhoffte, kleine Geschenke festigt sie beständig seine Anhänglichkeit an sie. Die großelterliche Generation ist nun einmal auf derartiges Einhandeln von Gunst angewiesen, ich weiß es aus Erfahrung. Daß die fromme, eher humorlose Tante auf solch trivialen Wunsch eingestiegen ist, bestätigt nur diese Neigung. Während der Masern, zum Beispiel, hat sie den kleinen Patienten reichlich mit den begehrten Comic Strips versorgt, ihm sogar daraus vorgelesen, um die lichtempfindlichen Augen zu schonen. Viel lieber hätte sie sich mit ihm in die reich illustrierte Patmos-Bibel versenkt – auch ein Geschenk von ihr – als in Donald Duck und Asterix. Zu ihrem Leidwesen aber ließ er dies kostbare Buch hoch oben im Büchergestell verstauben.

Nein, es liegt durchaus kein Grund vor, die gute Tante für das Buch ›Tausend tolle Witze‹ zu tadeln, sie hat es bestimmt nicht studiert. Auch läßt niemand so etwas verlauten. Aber das Mienenspiel der anwesenden Erwachsenen reizt mich zu Überlegungen. Ich sehe, wie die Freundin der Hausfrau, eine jüngere und aufgeschlossene Dame, mit einiger Bedenklichkeit ihre Zigarette ausdrückt. Der Vater, sonst rasch mit Tadel, verbirgt das, was er nicht sagen kann oder will, hinter einem rätselhaften Lächeln. Die Mutter schweigt. Sind sie alle am Ende von einem ähnlichen kleinen Schock getroffen wie ich? Erleben auch sie ein Bedauern: So früh schon dies Wissen?

Der junge Wissende indessen knackt unbekümmert und selbstsicher eine Salzmandel nach der andern. Mein Enkelbub, einesteils noch ganz Knabe, doch hinter seiner hohen Stirn ein starker Intellekt.

Ein Denkertyp, wie ich stets nicht ohne Freude festgestellt habe. Jetzt aber muß ich gerade hier meine etwas schmerzliche Korrektur ansetzen: Wenn er schon denkt, warum sollte er vor den Dingen des Sexus haltmachen? Kann man einem jungen Menschen, einem Kind, vorschreiben, wo es mit der Erfahrung aufhören soll? Der Bub hat seine Aufklärung genossen, in der Schule und anderswo. Von überall her wird sie den heutigen Kindern zugetragen, die naturwissenschaftlich perfekte Aufklärung. Warum denn dieses leise Bedauern, die Bestürzung vorhin über das spannungslösende Vergnügen, mit dem er vorgelesen hat? Soll ich es meine Dummheit nennen, meine Rückständigkeit? Warum haben wir Erwachsenen die Neigung, Kinder zu einer Vergeistigung vergewaltigen zu wollen, die nicht natürlich ist? Haben uns Freud und alle seine Nachfolger sie nicht austreiben können?

Im Widerstreit meiner Gefühle kommt mir plötzlich eine Erinnerung zu Hilfe, an eine Episode meiner Kindheit, die mir immer noch sehr deutlich ist. Ich mochte damals um weniges älter als mein witzfreudiger Enkel gewesen sein und nicht weniger witzfanatisch. Mit zwei Klassenkameradinnen stieg ich ein fremdes Treppenhaus hinauf. Die eine hatte dort bei der Schneiderin etwas abzuholen. Aus einem besonderen Grund begleiteten wir sie gern. Im selben Hause wohnte nämlich einer unserer Lehrer, ein junger, sehr beliebter. Auf dem dritten Absatz blickten wir durch ein Fenster auf seinen Küchenbalkon. In der angewinkelten Mauer stand das Fenster zum WC offen. Wir stießen uns an, kichernd vor Begierde, möglichst viel vom geheimen Örtchen des Angebeteten zu sehen. Wir wußten: Zu dieser Zeit war er nicht zu Hause, darum ließen wir unserer Respektlosigkeit freien Lauf.

»Wir sollten ihm etwas hineinwerfen!« riet eine.

»Wenn wir eine Blume hätten!«

Wir kramten in unseren Schulmappen.

»Ein Karamelbonbon vielleicht?«

»Und dazu hier meinen Witzzettel!« rief ich.

Wir kannten ihn alle drei auswendig. Fast alle Witze, die hier mit noch kindlicher Schrift aufgekritzelt waren, paßten herrlich in die Atmosphäre eines Klos. Fast sämtliche stammten aus dem unappetitlichen Bereich der Analerotik. Erlösend primitiv war die Lust und nicht minder prickelnd das Stück schlechten Gewissens, mit dem wir zusahen, wie die mit den längsten Armen das gefaltete Papier in weitem Bogen mitten in den sauber gepflegten plättchenbelegten Raum hineinwarf. Die so eifrig Beteiligte war die weitaus Genialste von uns, eine künftige Konzertpianistin, deren geistige Heimat schon damals die Musik Beethovens und Mozarts war.

Quietschend vor unterdrücktem Lachen schlichen wir die Treppe hinunter, uns ausmalend, wie der Verehrte die Witzliste finden und sich daran ergötzen würde. Ja, das setzten wir voraus, intuitiv von dieser menschlich geheimen Seite unseres Lehrers überzeugt. Am nächsten Morgen fanden wir uns wieder sittsam unter seinen Augen, als wären unsere Seelen so vergeistigt weiß, wie unsere Erzieher es von uns erwarteten.

Es ist doch gut, wenn das alte Gedächtnis nicht versagt und uns zuweilen in der Erinnerung lesen läßt!

Nachhilfestunden

Ist dieser Drang, sich nützlich zu machen, eine Errungenschaft oder ein Gebot des Alters? Früher habe ich ihn nicht in diesem Maße wahrgenommen. Was steckt dahinter? Selbstbestätigung? Nicht »unwertes Leben« sein wollen? Ich höre manchmal in der Mitte des Lebens stehende Leute vorwurfsvoll sagen: »Uns obliegt es, außer uns selbst noch die Jungen *und* die Alten zu erhalten.« Aus welchen Gründen immer den Alten heutzutage die ökonomische Sicherheit geschenkt wird, ich mißtraue dem Motiv der Nächstenliebe. Eher glaube ich an das der Selbstversicherung. Der Trost für das aufgezwungene Opfer heißt wohl: »Das kommt euch später selbst zugute.« Hoffentlich verrechnen sich die Rechner nicht!

Solange ich leben muß, möchte ich noch etwas wert sein. Ich habe schon von dem von Jüngeren ausgesprochenen Schimpfwort »Friedhofsgemüse« gehört. Es könnte tödlich sein. Etwas wert sein wollen bedeutet Kampf ums seelische Überleben. Nicht nur um der anderen willen, auch um seiner selbst willen. Am Wertlos-Sein würde ich bald sterben und möchte es auch.

Es ist zur Zeit nicht leicht, sich sichtbar nützlich zu machen. Es wird immer schwieriger, seit Arbeit Mangelware geworden ist. Also sehen, was für Gelegenheiten zufallen – unter Umständen etwas anpacken, was andere nicht gern tun oder gar nicht leicht tun könnten. Es braucht nicht einmal um Lohn zu gehen. Sich nützlich machen dürfen ist an sich schon ein köstliches Gut.

Solange in einer Familie noch eine Großmutter benötigt wird, steht alternden Frauen ein natürliches Wirkungsfeld offen. Voraussetzung ist eine minimale Rüstigkeit. Aber die Zeit, in der auch das letzte Enkelkind unabhängig wird von Pflege und Fürsorge, kommt unweigerlich. Alsdann muß der Trieb, sich nützlich zu machen, über die Sippe hinaus Ausschau halten. Jetzt wird es für manche alte Frau schwierig; nicht aussichtslos, aber schwierig.

Ich habe Glück. Bei mir gilt noch das Gesetz von

Angebot und Nachfrage. Ich möchte ein Beispiel herausgreifen. Immer wieder, ohne daß ich mich darum bewerbe, werde ich um Nachhilfestunden gebeten. Diese Betätigung beansprucht viel Zeit, fordert Geduld, und Erfolg läßt oft lange auf sich warten. Dennoch reizt mich die Aufgabe immer wieder. Im Gelingen führt sie zur Selbstbestätigung; sie ist zugleich ein anregendes Spiel. Man muß sich mit den immer wechselnden Methoden des Unterrichts auf dem laufenden halten, ob sie einem gefallen oder nicht. In der Praxis geht es um das ständige, beinahe schöpferische Finden von Mitteln und Wegen. Wie sage ich es dem »vernagelten« Schüler? Wie erhelle ich seinen noch verschlossenen Verstand? Wie entlocke ich ihm das Wunder des Verstehens? Denn Verstehen ist ein Wunder, ein nie ganz zu erklärendes, mag auch biologisch noch so viel daran herumgedeutelt werden.

Die Situation der Schülernot ist fast immer dieselbe. Das geplagte Kind versteht den Lehrer nicht. Das will heißen: es hat die notwendigen Denkschritte nicht vollziehen können. Da gilt es, die Übergänge und kleinen Einfügsel, die ihm entgangen sind, aufzuholen. (Es kommt auch vor, daß sie dem Lehrer entgangen waren, oder daß ihm entgangen war, daß sie dem Schüler entgangen waren. Wer würde es ihm verdenken.)

Das Klarmachen ist meist die geringste Arbeit.

Man darf es auch nicht beim einmaligen Erklären bewenden lassen. Die Aufhellung verdämmert so rasch wieder und muß ein paarmal aufgefrischt werden, bis sie zum Dauerzustand wird. Schon auf dem Nachhauseweg verflüchtigt sich vor des Kindes interessanteren Welt, was der Verstand eigentlich wider Willen aufnehmen mußte.

Mehr Zeit und Anstrengung erfordert das Geläufigmachen des Begriffenen, zum Beispiel im fremdsprachlichen Unterricht. Das Gedächtnis ist oft ein widerstrebendes Erdreich. Es stößt das rasch Eingepflanzte gern wieder aus. Der Umgang mit ihm ist das am wenigsten Kurzweilige im Nachhilfeunterricht. Das widerspenstige Gedächtnis muß schlucken: Vokabeln, grammatikalische Formeln, und, auch wenn man dem Kaugummi etwas süßen Zusatz gibt, es wird gleichermaßen anstrengend für Lehrerin und Schüler. Was sich im Schüler zur Wehr setzt, kann man nicht Trägheit nennen.

Da kommt Lorna, ein süßes kleines Mädchen zur Stunde, neunjährig, zweite Klasse, und soll das Einmaleins lernen. In der Schule ist die Achterreihe dran. Es ist, wie wenn man das Kind einen Zwanzigkilogrammstein den Berg hinauf schleppen hieße. Der grundlegende Zahlenbegriff fehlt ihm noch vollständig. Lornas Mutter ist Engländerin; sie spricht mit ihrem Töchterlein Englisch. Sie selbst kann nur notdürftig Deutsch. Sie hat mir eingestanden, daß sie mit den deutschen Zahlen überhaupt nicht nachkomme: twenty-*three* – *drei*undzwanzig! Also muß Lorna zunächst einmal richtig auf deutsch zählen lernen, dann zu- und abzählen. Da hilft keine reformerische Methode, aber ich versuche es der kleinen Schülerin so spielerisch wie möglich beizubringen. Es ist sehr anstrengend für sie, obwohl ich es mit allerlei Erheiterndem verzuckere. Ich darf sie nie zu lange plagen. Sie bekommt schon nach zehn Minuten müde Augen. Die Lider über den schönen Mandelaugen drohen zuzufallen. Sie windet und räkelt sich, seufzt, räuspert sich, schluckt, tändelt nervös mit den dicken Fingerchen. Während ich ihr müdes Köpfchen arbeiten lasse, wieviel sechs und sieben ergeben, diesmal ohne Zählrähmchen oder sonst ein Anschauungsmittel, habe ich Muße zu denken: Doch, doch, sie wird es schon noch lernen! Du darfst ihr nur aufs Mal nicht zuviel zumuten. Und selbst wenn das reizende, kleine Weibchen auch nie gut rechnen lernen sollte, sie wird sich durchsetzen. Sie hat geschickte Hände, macht hübsche Handarbeiten und schreibt schön. Trotz ihres Handikaps im Rechnen ist Lorna sehr selbstbewußt. Sie wird vielleicht nie Nationalrätin werden, doch nicht einmal das möchte ich beschwören. Auf jeden Fall wird sie etwas.

Eines Tages geht das Rechnen schon sehr viel besser. Sie hat auf einmal Freude am Spiel mit den

Zahlen, sie wird dabei nicht mehr so müde. Wir haben gewonnen – beide.

Alle Arten Schüler habe ich unterrichtet, vom Erstkläßler bis zum Gymnasiasten und bildungsbestrebten jungen Kaufmann. Überall habe ich ein wenig Beistand geleistet, ein wenig Selbstgefühl gestärkt. Eines Tages zeichnet sich auch in scheinbar aussichtslosen Fällen ein Erfolg ab. Persönliches Eingehen auf einen Lernwilligen lohnt sich immer. Schwierig wird es bei den Widerspenstigen. Sie sind selten, aber es gibt sie. Gegen innere Wut und Hoffnungslosigkeit arbeiten! Auch hier gibt es einen Weg, aber bis man den richtigen findet! Nur einmal habe ich ihn nicht gefunden. Das junge Mädchen war fünfzehn oder sechzehn, in der Schule wegen des Französischen auf der Kippe.

Als sie zum ersten Mal erscheint, stelle ich für mich fest: In der ersten Blüte, muß für Männer eine Augenweide sein. Sie weiß es bereits, ohne jede Ahnung, wie trügerisch auch das sein kann. Vorangehend war die Mutter bei mir, um mich vorzubereiten, was ich nicht schätze. Die Tochter suche nur Genuß und bringe sie, die Mutter, zur Verzweiflung mit Faulheit und Interesselosigkeit. Den Vater wickle sie um den Finger. Die Klage der Mutter verdrießt mich, und zugleich empfinde ich Mitleid. Eine schwierige Situation: Kräftemessen zwischen Mutter und Tochter. Als Lehrerin lasse ich mich davon nicht gerne belasten, es hindert mich, objektiv zu sein.

Fürs erste nimmt das Mädchen meine Hilfe gern an, eine alte Frau ist keine Rivalin. Aber schon bald merke ich, daß sie auch mich um den Finger zu wickeln versteht. Die Stunden gehen darauf hinaus, daß ich ihr helfe, die Aufgaben für die nächste Schulstunde zu lösen. »Helfen« ist nicht das richtige Wort, »vorquatschen« ist schon treffender.

»So geht das nicht, Monika«, erkläre ich ihr eines Tages. »Bei diesem Vorgehen lernst du so gut wie nichts!«

Monika antwortet klipp und klar: »Auf einen Punkt höher werde ich's damit im Zeugnis schon bringen. Mehr brauche ich nicht, um versetzt zu werden.«

Ich halte ihr entgegen: »Aber dabei bleibst du doch ganz unselbständig. Es gibt so viel nachzuholen, was bei dir nicht sitzt, du mußt die Verbformen einmal richtig lernen. Du kommst nicht voran, wenn du sie nicht tüchtig einübst, und weil du das zu Hause nicht von allein tust, sollten wir es in der Stunde versuchen.«

Das versteht sie nicht, darauf will sie nicht eingehen, auch nicht, wenn ich ihr erkläre: »Schau, was du bei mir erreichst, das ist nur etwas Vorgetäuschtes. Ich darf dir die Anstrengung nicht ersparen. Ich muß von ganz vorn auf deine Schwierigkeiten eingehen, und alles, was du nicht richtig begriffen hast, mußt du bei mir aufholen.«

Sie beharrt: »Aber so komme ich doch auch mit einer besseren Note weg!«

»Monika, willst du überhaupt Französisch lernen oder nicht?«

Sie zuckt die Achseln. »Das werde ich später, wenn ich in die welsche Schweiz gehe.

»Wie lange denn?«

»Ein Jahr ungefähr.«

»In einem Jahr lernst du höchstens ein bißchen sprechen, wenn du keine gute Grundlage hast.«

»Das genügt mir schon. Wozu brauche ich denn die Sprache? Ich werde zuerst ein wenig in Vaters Geschäft arbeiten und dann bald heiraten.«

Das glaube ich dem Mädchen, das aussieht wie die Titelblattfigur einer Modezeitschrift, aufs Wort. Sie wird schon Verehrer finden und Recht behalten. Aber die mir übertragene Aufgabe gerät mit ihrem Wirklichkeitssinn in Widerspruch. Ich muß es ihr sagen.

»Siehst du, Monika, wenn du so denkst und dir nicht mehr an den Stunden liegt, kann ich dir keine mehr geben. Denn diese Stunden sind ein Betrug. Du verlangst, daß ich dir um eines erschlichenen Vorteils willen Denken und Anstrengung erspare. Deine Schulkameradinnen indessen müssen sich ohne Hilfe bemühen, auch wenn sie froh darum wären, weil sie keinen Vater haben, der ihnen Stunden bezahlt. Ich trage nicht gern zu einer Art Betrug bei. Ich mache dir aber einen Vorschlag. Du kommst während der Sommerferien zur Stunde, und wir holen alles nach, was du versäumt hast. Nachher arbeitest du ohne Hilfe selbständig weiter.«

Das Mädchen wirft den Kopf in den Nacken. »In den Ferien? Kommt überhaupt nicht in Frage! Da will ich endlich vom Lernen frei sein!«

Ich lasse Monika noch eine Woche Bedenkzeit. Sie hat meinen Vorschlag nicht angenommen, und ich habe auf diese Schülerin verzichtet.

Kinder mit Schulschwierigkeiten sind im allgemeinen »lernkrank«. Meist können sie wirksam behandelt werden, wenn sie Hilfe tatsächlich wollen. Hat man mit Geduld und Methode erst einmal ihr Verstehen belebt und sind nach einiger Übung die schlimmen Minderwertigkeitsgefühle behoben, geht es auch in der Schule voran. Wenn man nur allen lernkranken Kindern helfen könnte! Aber die meisten bleiben sich selber überlassen. Manchmal sind es sogar die Eltern selbst, die die Hilfe für ihre Kinder verweigern. Ich habe einen solchen Fall erfahren. Evelyn war eins von zahlreichen Kindern einer Arbeiterfamilie. Ich gab ihr mit ein paar anderen Mädchen zusammen unentgeltlich Nachhilfestunden, weil sie während der Probezeit in der Realschule auf der Kippe stand. Ich büffelte ziemlich mit ihnen und war auf dem besten Weg, sie auf den gewünschten Wissensstand zu bringen. Eines Tages erschien Evelyns Mutter bei mir.

»Bemühen Sie sich nur nicht um meine Tochter; es macht uns nicht viel aus, wenn sie die Probezeit nicht besteht. Unsere anderen Kinder haben auch bloß die Hauptschule besucht, und alle verdienen jetzt so gut, genauso viel wie solche, die in der Realschule waren.« (Das war allerdings zur Zeit der Hochkonjunktur.)

Seither bin ich vorsichtig geworden, Nachhilfestunden umsonst anzubieten. Bildung ist nicht nur eine Sache des Rechts darauf, sie ist auch eingebettet in persönliches Schicksal. Immer wird es Kinder geben, denen mehr persönliche Förderung zuteil wird als anderen.

Aus dem Herzen denken

Heute war eine liebe Frau, Witwe und Mutter erwachsener, auch schon im reifen Alter stehender Kinder, bei mir zu Besuch und erzählte folgendes:

»Ich hütete das Haus meiner Tochter, während die Familie in den Winterferien weilte, sorgte zwei Wochen lang für Blumen und Getier. Bevor sie zurückkehrten, putzte ich überall sauber, brachte alles in beste Ordnung, flickte die zerrissene Wäsche und dachte dabei an ihre Freude, wenn sie es sehen würden.

Sie kamen braungebrannt heim, setzten sich an den gedeckten Tisch, waren fröhlich und voll von hinter ihnen liegenden Erlebnissen. Ich wartete vergeblich auf ein Wort der Anerkennung über den so gut instand gehaltenen Haushalt, auf ein Wort des Dankes.

Als ich noch am selben Tag wegging, boten sie mir nicht einmal an, mich im Wagen heimzufahren, was sie vielleicht eine Stunde gekostet hätte. Der Schwiegersohn hob zwar vor meinem Weggang meine Reisetasche vom Boden hoch und bemerkte: ›Die ist aber schwer!‹, doch niemand trug sie mir zur Bushaltestelle. Bedrückt fuhr ich nach Hause und blieb es den ganzen Abend.

Anderntags allerdings rief mich meine Tochter an und entschuldigte sich überschwenglich, weil sie mir nicht einmal gedankt hatte. Sie wisse gar nicht, was mit ihr los gewesen sei. Ich sagte nicht, was ich dazu dachte, nämlich: Warum nur fiel es ihr so spät ein, mir etwas Freundliches zu sagen? Sie hätte mir eine traurige Heimkehr erspart.«

Was sollte ich der enttäuschten Mutter sagen? Ich versuchte es so:

»Denken wir zuviel? Oder denken unsere Kinder zuwenig? Ich vermag es nicht zu entscheiden. Auf jeden Fall haben die Jungen es schwer mit dem, was wir früher ›aus dem Herzen denken‹ nannten. Damit muß sich die alte Generation abfinden und darf sich nicht verbittern lassen.«

Ein hausbackenes Kapitel

Ich habe den Vereinsvorstand, dem ich angehöre, zu einer Sitzung bei mir eingeladen. Es macht mir Freude, zugleich aber auch ein wenig Sorge, alles kunstgerecht vorzubereiten. Nichts darf fehlen, was man zwischen der anstrengenden Arbeit zur Labung nötig hat. Außerdem soll es auch ein wenig festlich und gemütlich werden. Aber ach – ich bin und war nie die Hausfrau, die so etwas aus dem Handgelenk schüttelt! Viel zu viel und zu lange überlege ich hin und her. Liegt es daran, daß in meinen jungen Jahren stets dienstbare Geister solche Vorbereitungen für mich erledigten? Oder ist gar mein lieber Mann schuld, der mir weiland – in den ersten Tagen unserer Ehe schon – nahelegte, er wünsche keine Haushälterin zur Frau, sondern eine Gefährtin? Damit meinte er eine, die seine Gedanken und seine Arbeit teilte. »Laß das doch andere tun«, hieß es zeit seines Lebens, wenn ich Putzlappen oder Werkzeug in Gebrauch nahm.

»Du kannst anderes, für uns Nötigeres, viel besser! Überlaß doch diese Arbeiten jenen, die nur das können!« Zwar fühlte ich mich geschmeichelt, aber es regte sich auch Widerspruch, und ich hielt dagegen: »Denk an Pestalozzi: Kopf, Herz und Hand!« Was mich betraf, hielt er es nicht mit Pestalozzi.

Später, als Hausangestellte rar und teuer, fast unerschwinglich wurden, da leitete er mich immer noch dazu an: »Laß nur keinen Fanatismus in der Ordnung walten! Dem Staub ist überhaupt nie beizukommen. Staub gibt es in der Atmosphäre, überall und jederzeit. Kampfansage an den Staub ist Sisyphusarbeit. Es geht im Alltag um wichtigere und wesentlichere Dinge.« Das billigte ich ihm wenigstens theoretisch zu. Aber es drängten sich mir auch andere, früh eingeprägte Gesichtspunkte auf. Sie stammten von meinen Geschlechtsgenossinnen, und vor ihnen wollte ich bestehen können. Ich kannte die weiblichen Zungen der Verachtung: »Hat die eine Ordnung! Der Staub auf ihren Möbeln liegt so hoch, daß man darauf schreiben kann.«

Das Feld der Hauswirtschaft war also unser eheliches Kampfgebiet – es gibt in den meisten Ehen schlimmere. Mein Mann wollte es einzig und allein als Hilfsmittel zum Leben sehen, nicht als Selbstzweck oder ästhetischen Tummelplatz verfehlter Befriedigungen. Und immer wenn er nur ein Ausgleiten meinerseits ins Hausfrauliche bemerkte, konnte es zum Stieben kommen. Was wunder, wenn ich mit der Zeit verlernte, haushälterische Arbeit als Selbstverwirklichung und Befriedigung aufzufassen! Ich hielt Ordnung in vernünftigem Maß, rückte immer weiter ab vom hausfraulichen Spezialistentum. Meine Weiterentwicklung auf dem Gebiet hielt sich in Grenzen. Wenn es nötig war, erkundigte ich mich bei den Erfahreneren, die ich hoch schätzte.

So hielt ich es bis heute. Nur wenn es an die Gastlichkeit geht, regt sich in mir ein weiblich ausgerichteter Ehrgeiz. Ich möchte eine gute Gastgeberin sein, denn es steckt schöpferische Leistung dahinter, deren Ergebnis sich lohnt. Sie vermag sowohl Gast als auch Gastgeber zu beglücken. Daher gehe ich immer ziemlich ängstlich an Einladungsvorbereitungen – mit Hilfe von Merkzetteln und strenger Programmeinteilung. Wunderlicherweise mißlingen sie mir nie. Die Gäste loben mich – ich glaube ehrlich. Wenn sie wüßten, was ich vorher an Anstrengung einsetzen mußte!

Doch zurück zu meiner Vorstands-Einladung. Ich bin diesmal besonders nervös. Sechs Herren am Tisch, wie werde ich das bewältigen, da ich ganz aus der Übung bin? Die selbstgebackenen »Rumkakes« sind zwar gut gelungen, aber als meine Tochter am Telefon von Kognak zum Kaffee spricht, erschrecke ich vor meiner Unzulänglichkeit. Schnäpse, Spirituosen sind meine leeren Stellen, weil ich sie selbst nicht mag. Kognak? Wie reicht man den? In welchen Gläsern? Welche Sorte? In meinem Getränkeschrank steht er zwar seit Jahren, dreisternig, uralt, aber er wird meist nur als Zugabe zu Speisen verwendet. Wie froh bin ich nun über die Aufklärung durch die Tochter. Vor Ankunft der Herren inspiziert sie auf meine Bitte hin die Räume. Alles scheint in Ordnung, sie gibt ihrer Zufriedenheit Ausdruck, setzt hier und dort noch ein Tüpfelchen aufs i. Zu guter Letzt erschüttert sie doch noch mein Selbstbewußtsein, indem sie vorschlägt, mir ihre Haustochter zur Bedienung der Kaffeemaschine zu leihen. Kann ich das wirklich nicht selbst tun? Sie hat recht, ich kann schließlich nicht bewirten und gleichzeitig den Sitzungsgesprächen ungestört folgen.

Nachträgliche Überlegungen: Es gibt Frauen, vor allem jüngere, die noch schwierigeren Doppelaufgaben voll gewachsen sind. Geistig und hausfraulich gleich gut ausgerüstet, bewältigen sie Haushalt und Beruf und sind außerdem Mütter. Wem fiele es ein, Männern solchen Doppel-, ja Dreifacheinsatz abzufordern? Und doch sterben, laut Statistik, Männer früher. Ich habe stark beanspruchte Frauen gekannt, die bei guter Gesundheit ein hohes Alter erreichten. Also nochmals Pestalozzi? Ist es am Ende die dreifache Beanspruchung von Kopf, Herz und Hand, die dem Menschen zuträglich ist? Sollten sich die Männer das vermehrt hinter die Ohren schreiben? Oder wünschen sie sich gar nicht so sehr ein langes Leben, wie die Frauen es oft haben?

Gedanken während einer Beerdigung

Frau W. ist gestorben. Das erfüllt mich mit Trauer. Sie hinterläßt ihren kranken Mann, der ihrer sehr bedürfte. Ein grausamer Entzug! Ich habe sie als klug, tapfer, tüchtig, mütterlich in Erinnerung. Meine Tochter ist mit der ihren befreundet und war oft im Haus W., einem richtigen Familienhaus. Es gab dort wunderbare Feste für Heranwachsende. Frau W. schenkte allen jungen Leuten, die bei ihr ein- und ausgingen, persönliches Interesse und Wohlwollen, ließ sie jedoch frei gewähren. In der Familie herrschte kein Reichtum, im Gegenteil, es hat oft schwere Zeiten gegeben. Als Herr W. jahrelang schwer krank gewesen war, hatte sich die Frau mit allen Kräften, auch jenen der Vernunft und des Herzens, einsetzen müssen, um die Familie durchzubringen. Anstelle der Frage »Warum gerade uns so viel?« rückte ihr unerschütterlicher Glaube an eine bessere Zukunft. Trotz aller Erschwernisse gediehen die Kinder. Begabt und mutig wuchsen sie in ihre auch nicht alltäglichen und leichten Schicksale hinein. Jedes hat sich unter großer Anstrengung im Leben einen Platz errungen. Dabei war keine ehrgeizige Rücksichtslosigkeit im Spiel, sondern nur gesundes Selbstbewußtsein. Das hatte die gute Mutter in ihnen von Anfang an gestärkt.

Von all dem wird an der Totenfeier nicht gesprochen. Das Bild der Verstorbenen bleibt blaß, das einer guten, beflissenen Ehefrau und Familienmutter. Ich muß vieles aus meinem eigenen Wissen ergänzen. Ich verdränge jede Vorstellung an ihre Leiche. Vielmehr hole ich das Besondere ihrer Erscheinung herauf. Woran lag es nur, daß ihr Gesicht auch im Alter noch so anziehend war? Ich sehe sie bei unserer letzten Begegnung noch vor mir stehen. Ich hatte sie lange nicht mehr gesehen; sie war etwas schlanker geworden, ihr Haar grauer. Im Gespräch verriet sie nichts vom Leiden, das sie wahrscheinlich bereits befallen hatte. Wir sprachen von den Kindern und lächelten über zurückliegende, glückliche Zeiten. Ihre Augen glänzten noch immer dunkel wie die Brombeeren, die sie mir früher an Sommertagen frisch aus dem Garten aufzutischen pflegte. Und doch machte mich der Ernst ihres Blicks nachdenklich.

Wie viele Abdankungen habe ich in diesem Krematorium schon erlebt! Frühverstorbene Freunde habe ich erschüttert begleitet an diese Grenze, wo das Wissen aufhört. Meistens hatte ich meinen Mann zur Seite, schauderte vor dem Tag, an dem vielleicht er selbst..., zitterte auf dem Heimweg vor Glück, daß es noch weit, weit schien. Mitunter ist meine Phantasie im Vorausblicken grausam deutlich.

Wie ich in diesem Totenraum vor den Blumen sitze, sehe ich meine Kinder, meine Enkel dort in der vordersten Reihe, wenn es um mich selber gehen wird, versuche zu erahnen, nein, weiß es, was sie denken und empfinden werden. Ich muß mich zähmen, jetzt auf die Ansprache des Geistlichen hören, die mich die Zähne noch mehr zusammenbeißen läßt. Er redet von Gott wie von einem Verwandten, den er sehr gut kennt, und gesteht gleichzeitig ein, daß seine Wege nicht die unseren seien. Es macht mir ein wenig Kummer, etwas für mich so unendlich Fernes und Fremdes in Worte gezwungen zu vernehmen. Unter dem vergeudeten Trost und dem kalten Totenblau des Raumes überkommt mich Trotz und Auflehnung. Warum hast du, Schöpfung, den Tod ersonnen? Der im Endlichen gefangene Blick macht mich töricht.

»Sie ist von ihren Leiden erlöst«, spricht der Mann auf der Kanzel. Ja, ergänze ich in Gedanken, von der Spannung des Lebens zwischen Glück und Unglück, zwischen Gut und Böse. Warum feilschen wir also um das bißchen Leben? Wie widersprüchlich sind auch wir in dieser widersprüchlichen Welt!

Der Pfarrer hat die Schlußgebete gesprochen.

Die Orgel löst ihn ab, die sanfte Orgel, die durch Töne mehr aussagt, als er es mit Worten je vermag. Frau W. hat die Musik so sehr geliebt. Hätte man doch an ihrer Abschiedsfeier nur sie sprechen lassen! – Unter den Klängen trete ich ins Freie, um das Widersprüchliche neu aufzunehmen.

Ein Fest muß nicht immer ein Fest sein

Sie haben mir die Kinder zum Übernachten gebracht; die Eltern wollen am Abend das Fest der 500-Jahrfeier der Kantonsschule besuchen. Begreiflich, daß sie mit dabei sein wollen. Sie werden alle Ehemaligen treffen, auch die Lehrer. Sie werden betroffen erkennen, wie die anderen älter geworden sind und sie mit ihnen. Das Einzigartige solcher Treffen nach vielen Jahren wird sich vollziehen: Zusammenschluß einer Generation in der heraufbeschworenen Vergangenheit; sich nochmals jung fühlen mit den einstigen Schulkameraden; den Jargon von damals wiederfinden; und dies alles mit dem Wissen: unwiederbringlich! Dennoch wird es ihnen gelingen, für ein paar Stunden den leichten Sinn der Jugendtage wieder zu erleben, die Lasten der Familie, des Berufs, der Zeitläufte zu vergessen.

So malt es meine Phantasie für die Festgänger, und ich gönne ihnen diesen Abstecher, weg vom Alltag.

Kaum habe ich die Kinder in meiner Obhut, stellt sich heraus, daß sie krank sind. Die Kleine ist zwar in der Rekonvaleszenz, aber ihr Husten gefällt mir nicht. Der Bub verlangt plötzlich nach dem Bett. Ich messe Fieber und erschrecke. Er liegt apathisch da, mit großen, klagenden Augen. Er will mich nicht um sich herum dulden. »Allein sein – Ruhe haben!« sagt er und macht mir damit bange. Im Leiden-sehen-Können bin ich nie erwachsen geworden. In einem anderen Leben möchte ich eine jener starken, sicheren Mütter sein, die nie verzagen und in jeder Lage wissen, was Gutes und Nützliches zu tun ist. Ich Schwache aber wünsche, die Nacht wäre schon vorbei.

Meite schläft lange nicht ein. Wohl eine Stunde seit dem Abschied der Mutter sitzt sie aufrecht in ihrem Bettchen. Sie weint nicht, erträgt lautlos ihr Heimweh, die Augen voll dunkler Trauer nach der Tür gerichtet, ob sie nicht am Ende doch wiederkomme. Ich leide mit dem Kind, kann nichts tun als zärtliche Worte geben, etwas Spielzeug auf die Decke legen, das sie aber verächtlich übers Gitter wirft, und Licht brennen lassen, ein warmes, rotes Licht.

Wie vorausgesehen gibt es in dieser Nacht nicht viel Schlaf für mich. Kaum habe ich mich, halb entkleidet, ein wenig hingelegt, sprungbereit, höre ich ein verdächtiges Geräusch. Martin hat sich im Fieber ins Treppenhaus begeben. Ich erwische ihn gerade noch, wie er im Dunkeln die Treppe hinuntertappen will. Er redet verworrenes Zeug. »Nimm das Schulheft weg!« Um ihn zu beruhigen, lege ich mich in das Bett nebenan. An Schlaf ist nicht zu denken, er wälzt sich beständig hin und her. Erst gegen Morgen kommt er zur Ruhe. Ich schleiche mich in mein Zimmer hinüber, lausche bei offenen Türen, bis auch ich entschlummere.

Bei Kindern ist der Übergang von Krankheit zu Gesundheit oft kurz. Am Morgen geht es Martin besser. Auch Meite ist munter und zutraulich. Dankbar tummle ich mich, bis beide gewaschen und versorgt sind. Da ich der raschen Genesung des Knaben nicht ganz traue, obschon er wieder zum Turnen am Treppengeländer aufgelegt ist, versuche ich, ihn ruhig zu halten, indem ich mit ihm ›Eile mit Weile‹ spiele. Meite darf unterdessen Spielzeug zertrümmern, das ich ihr eigens zu diesem Zweck aufbewahrt habe. Die Stunde verläuft still und friedlich, weil der Bub mit viel Vernunft spielt.

Dennoch bin ich froh, als die Schwiegertochter gegen Mittag die Kinder abholt. Ich habe mich darauf gefreut, zum Lohn für die bange Nacht ihren begeisterten Festbericht zu hören. Zu meiner Enttäuschung erzählt sie nur von argem Gedränge, von ohrenbetäubender Musik. Gespräche mit Freunden seien unmöglich gewesen. Der Rummel habe alles Intime übertönt und erdrückt.

Als sich die Türe hinter ihnen schließt und alle und alles im Auto verpackt weggefahren sind, besinne ich mich einen Augenblick auf mich selbst. Ich bin unzufrieden mit mir, daß ich, immer noch gleich töricht, von allem etwas Lohnendes erwarte. Das Klischee »ein Fest soll Freude bringen«, werde ich es je überwinden? Ebenso wie die eigensinnige Vorstellung, Einsatz dürfe nicht umsonst gewesen sein? Immer noch dieses Berechnen, dieses Handeln mit dem Leben in mir! Erwarten, daß jede Leistung eine kleine Hoffnung erfüllt, statt frei und unbedingt vorwegzunehmen! Muß ich meine Torheit mitschleppen bis ans Ende meiner Tage?

Beim Durchblättern von Photoalben

Sie legt mir ihre Reiseerinnerungsalben vor. Im großformatigen, in weiches Leder gebundenen Buch sind die Photos geometrisch genau eingeklebt und wie gestochen beschriftet. Ihren ruhigen, schlanken Fingern geriet so etwas schon in der Schule. Ich beneidete sie immer ein wenig darum.

Sie – so gesteht sie mir nachträglich – hätte meine Phantasiebegabung haben mögen. Ach ja, ich holte mir ein wenig Ehre für meine Aufsätze. Nicht einmal immer zu meinem Vorteil. Da stotterte ich einmal an der Wandtafel an einer kniffligen Kursumrechnung herum. Der Mathematiklehrer spottete: »Ja, ja, Phrasen machen! Aber wo's einen klaren Kopf braucht...!« Das saß. Kursumrechnungen liegen mir heute noch nicht. In der Mathematik holte ich bei abstrakteren Anforderungen gehörig auf. Den späteren Nutzen für die Klärung des Kopfes will ich nicht bestreiten; nur hat das bißchen Phantasie mehr Farbe in mein Leben gebracht als die Mathematik. Dora lacht, als ich ihr das erzähle. Aus ihrer mathematisch klaren Vernunft antwortet sie: »Jedem das seine!«

Indes wende ich die steifen, pergamentgelben Seiten sorgfältig mit den Fingerspitzen, beuge mich, Augen kneifend, über die Aufnahmen. Fremde und auch bekannte Landschaften: Wolken, Wasser, Berge, Sonnenauf- und -untergänge, Nebelmeer. Zahlreiche Kunstdenkmäler vom einfältig-lieblichen Kapellchen bis zur Moschee, Schlösser, Burgen und auf einer Seite allein das orientalische Märchen von Tadsch Mahal. Nur wenige Menschengestalten, zum Beispiel eine Eingeborenenfigur in fremdartiger Gewandung oder – vor einem Kirchenportal – eine Mitreisende mit Sonnenbrille, die sich wie zufällig nach der Photographin zurückwendet. Dagegen immer wieder Pflanzen, leuchtende Blüten oder auch ein Blumengrüppchen, an das Dürersche Rasenstück erinnernd. Ein junger Bergbaum ist zu jeder Jahreszeit festgehalten. Auch Tiere, einzeln oder in Herden, fehlen nicht.

Jetzt ist Griechenland an der Reihe. Da steht ein Name: Kap Sunion. Es durchzuckt mich, es leuchtet hell auf in mir. Ich bin wieder die junge Frau, die frühmorgens in der Schiffskabine von ihrem Mann geweckt wird: »Wach auf! Kap Sunion!« Dann mein erster Blick auf Griechenland. Nein, das ist nicht die Sonne, die sich über dem erglühenden Meer, der reinen Nacktheit der Inseln erhebt! Das ist der Apollowagen! Und ich erlebe die Widerspiegelung absoluter Schönheit. So stupid erfüllt ich damals von meinem persönlichen Glück war, ich ahnte es, daß es ein vollkommener, nie wiederkehrender Augenblick war. Nun spielt es sich beim Anblick von Doras Aufnahmen wie ein Film in mir ab, reißt mich weiter, läßt mich wieder den Burghügel der Akropolis hinaufklettern, mich am Buschwerk des Ginsters festhalten. Was damals wie ein verschwommener Traum in mich einging, lüftet sich in fast schmerzhafter Klarheit zur goldenen Erscheinung.

Es sei heute nicht mehr erlaubt, die heiligen Stätten mit den Füßen zu betreten. Wir durften es noch. Mein Mann photographierte mich, auf den umgestürzten Säulentrommeln sitzend. Er wollte auch an der Korenhalle ein Bild von mir aufnehmen. Unter einer der so schön und ernst als Schreitende erscheinenden Frauen sollte ich mich aufstellen. Ich weigerte mich. Schon damals störte mich persönliche Eitelkeit im Bereich eines Kunstwerkes. Wir leben so kurz im Vergleich zu ihnen. Mein Mann konnte es nicht recht verstehen, und es schmerzte mich ein wenig, daß er mich eigensinnig schalt. Ich hieß ihn dann, sich an meiner Statt auf die Marmorstufe zu Füßen der äußersten Kore aufstellen. Trotzdem er groß war, daß er bis fast zum gemeißelten Band unter der Sohle des Mädchens reichte, erschien mir seine Menschengestalt klein.

Immer mehr rufen Doras Photographien in mir wach. Jetzt ist es ein Tag in Delphi. Allein, die vorbildlich belichteten, scharfen Aufnahmen decken sich nicht mit meinem bewahrten Bild. Das meine ist unklar im Korn, aber lebendig bewegt. Ich springe von Stufe zu Stufe im Ring des Amphitheaters hinauf, ich streichle, auf den Quadern sitzend, den von der Sonne warmen Stein, ich schließe die Augen, fühle mich als Griechenknabe im Bann der Spiele. Ich meine, den Namen Apoll sich an den Felsen brechen zu hören. Aber es ist nur mein Mann, der mich ruft und zur Besichtigung des Heiligtums ermahnt. Aus allem in die Erinnerung Eingeschleiertem hebt sich zuletzt etwas Überdeutliches ab: Ich bücke mich über den Quell der Nymphe Kastalia. Man hat mir gesagt, er sei dem Apollo geweiht und verleihe Begeisterung für die Dichtung. Ich knie im Schatten eines Baumes und schlürfe in großen Schlucken aus dem Becher meiner Hände. Mein Mann steht dabei und lächelt darüber, daß ich so gläubig bin.

Depressionen

Alter kann zu Zeiten glückhaft sein, das ist wahr. Ein andermal drückend vor Unheil, Trostlosigkeit, Verlassenheit. Alles hat im Alter Platz ebenso wie auf jeder vorangegangenen Lebensstrecke.

»Ihr habt ausgeglichen zu sein, abgeklärt, vernünftig, geduldig, gefaßt, anspruchslos – weise!« Ist das eine verfehlte Forderung? Mir sind nicht sehr viele solcher Altersheiligen bekannt. Die meisten sind auch eher verschwiegen geworden über ihr innerstes Befinden. Aber wenn sie sprechen, so vernehme ich es so:

Da sind die Tage, die gleichmäßig ruhig vorbeigehen, etwas farblos, eintönig neutral, nichts läßt das Gemüt aufwallen; man könnte sagen, es sind Tage der Zufriedenheit. Und auf Befragen auf der Straße, im Bus, sagen wir: »Danke, ja, es geht mir gut.« Dazwischen plötzlich ein paar von unverhofftem Aufschwung belebte Tage. Alles erscheint aufgehellt, aber es folgen auch solche, über die man nicht schweigen dürfte. Tage der Unbill, der Müdigkeit, der Niedergeschlagenheit. Man empfindet sie wie Fangarme, denen man sich nicht entwinden kann. In der Verstrickung erscheint alles schal und sinnlos. Trübsal will ausarten in Lebensekel.

Das ist die berüchtigte Altersdepression. Eine der verheerendsten Alterserscheinungen! Eine bösartige Krankheit! Je mehr wir uns dem Ende nähern, desto heftiger tritt sie auf.

Worin liegt die Ursache? Etwa in durch zu lange Erfahrung gewonnener Hellsichtigkeit? In der schwindenden Lebenskraft? In der Schwächung an Lebenssinn und Hoffnung?

Fast täglich begegnen mir Altersgenossen mit trübe gewordener Alterssicht. Kaum kommt es zu einem vertraulicheren Gespräch, ist es auch schon begleitet vom Geständnis dieses Übels. Und ist einer noch ungefährdet, klagt er gewiß: »Mein Lebensgefährte und ich, wir könnten es jetzt so schön zusammen haben, wenn er nur nicht von diesen schrecklichen Altersdepressionen gequält würde!«

Man hört teilnehmend zu, versucht zu trösten, aufzurichten, fragt nach Gründen, obschon man sie längst erraten hat. Es ist nicht nur das Nicht-mehr-nütze-Sein, der Mangel an Angefordertsein, es ist vor allem dieses traurige Lügenfeld ringsum. Die

Lüge von der Nächstenliebe, von der Hilfe füreinander, vom Willen zum Frieden. Es ist die Verlogenheit und Leere in all den sterilen Wohlfahrtsorganisationen, in den hohlen Worten, in Aufrufen und Theorien.

Die Alten fragen: »Was soll dieses Getriebe? Es sind ja nur Gewissensbeschwichtigungen, weil die Menschen die Hingabe an den einzelnen verlernt haben! Wie Raketen lassen sie ihre Anlage zur Herzensgüte verpuffen. In klimatisierten Büros und dicken Aktenordnern lassen sie sie verschimmeln. Was verstehen sie noch unter »helfen«? Wichtigtuerei! Sie reden zu viel und zu großmäulig von Brüderlichkeit. Ihre »Helfer« sprießen wie Unkraut. Es sind zu kaufende Leute mit wissenschaftlichem Nimbus. Dieser Hintergedanke läßt sich nie ganz verdrängen, so wenig sich Bezahlen aus dem Weg schaffen läßt. Ein anderes Schlagwort: Sozial! Welch ein schreckliches, blutarmes Wort! Und »Fürsorge«! Zur Organisation gewordene Sorge? Mutterliebe im unpersönlichen Kollektiv? Habt ihr sie je zu spüren bekommen? »Besser als keine«, sagen sie, aber die Alten sehen es so und bekommen es so zu fühlen. Das macht sie niedergeschlagen. Sie haben mehr Zeit, es wahrzunehmen als die noch vom Getriebe in Atem Gehaltenen.

Nein, so dürften sie es nicht sehen! Es ist nur halbe, nur getrübte Sicht, meine ich.

Aber dann – eines Tages – packt er mich selbst,

dieser Altersvirus. Nicht auf Dauer – noch nicht – nur als vorübergehende Anfechtung. Er dringt in mein Gemüt, unverhofft. Wie an manchen Tagen der Föhn einbricht und die ganze Lebenslandschaft hart und scharf abzeichnet. Jeder Riß, jede Runzel, jede Abbruchstelle wird deutlich, und wie die vertrauten Wälder auf einmal als schwarze Drohung erscheinen, erschreckt sogar Geliebtes. Wie kann es nur zu dieser plötzlichen Infektion kommen? – Nicht von ungefähr. Früh am Morgen hat mir jemand von seinem Zusammenbruch unter der Last einer verblödenden alten Mutter erzählt und davon, wie die Alte nun endlich versorgt wurde. Halb mit Gewalt, halb mit List ist man vorgegangen. Im Miterleben bin ich sie beide: die alte Gebrochene, fast Blinde, der als einzige Helligkeit noch ein wenig Freiheitstrieb geblieben ist; die Vernunft hat sie verloren. Ich bin aber zugleich auch die Tochter, tausche mit ihr die physische Last gegen die Last eines schweren Gewissens ein. Ich grüble und grüble: über die Grenzen der Liebesfähigkeit und über das Unglück eines die Selbsthilfe überdauernden Alters.

Im Bus heute morgen habe ich eine Bekannte gesehen, die für ihren Sohn Trauer trägt. Er ist in den Freitod gegangen, und ich fürchte mich, mit dieser Frau ins Gespräch zu kommen. Wirkt denn Leid wie Pestgeruch? Ich raffe mich auf, und als der Platz neben ihr frei wird, will ich mich neben sie setzen. Da hält der Bus, sie steigt aus, und ich erreiche sie nur noch mit einem Blick. Ich bin erleichtert und könnte doch weinen, nicht nur über sie, auch über meine Unzulänglichkeit.

Mittags habe ich das Radio angedreht. Ausgerechnet an diesem lastenden Tag die Aufforderung eines Demagogen. »System ändern, der Staatsgewalt zu Leibe rücken, sie ersetzen durch Volkswillen.« Oh, Wille eines Volkes, das so lieb, so gütig, so vertrauenswürdig, so grundanständig ist als Masse, in seinen Trieben so heilig! So etwa entziffere ich zwischen den schaumschlägerischen Worten. Warum sagt er nicht: »... eines Volkes, so klug, daß es mir die oberste Führung anvertrauen wird, als dem Führer der sich selbst Führenden«?

Nachrichten aus dem Ausland: naher und ferner Osten. Das ewig gleiche Lied »Machtkampf – Krieg«. Freiheitsparolen! »Ich hau dir den Kopf ab, wenn du dir von mir nicht den Kopf abschlagen läßt!« hämmert ein Echo in mir nach.

Am Nachmittag eine neue Belastungsprobe. Besuch einer Mutter in den Sechzigern. Die Tochterfamilie ist am Zerfallen. Aus Liebesunfähigkeit und Lebensunkenntnis von Mann und Frau. Die unmündigen Kinder leiden unter noch unmündigeren Eltern. In wilder Glückszwängerei wird der Begriff »persönliche Freiheit« zur Farce gemacht. Die Angelegenheit ist so verzwickt, daß selbst der Klügste keinen Rat wüßte. Wie sollte ich ihn geben können? Ich kann mich bloß vom Leid dieser Mutter noch mehr niederdrücken lassen.

Nachdem sie gegangen ist, lasse ich über meinem einsamen Abendbrot den Kopf hängen. Einmal klingelt das Telefon. Falsch verbunden. Ich bin fast froh, daß es keine Freundesstimme war. Ich begehre nicht, jemanden anzustecken mit dem Heillosen in mir. Mechanisch tue ich meine Arbeit. Ich spüre, daß es nicht gut mit mir steht.

Am Abend schalte ich zur Ablenkung den Fernseher ein. Was bekomme ich zu sehen? Einen Dokumentarfilm über Kinderbanden in Kolumbien. Gesunder Instinkt müßte jetzt abdrehen. Statt dessen lasse ich mich bannen, starre auf die grausigen Szenen. Sehe mit an, was Kindern da geschieht, was die Auswüchse einer verdorbenen Großstadt, die Willkür des Lebens, die verbrecherische Gleichgültigkeit der Gesicherten an ihnen Schlimmes bewirken. Zwingt mich ein masochistischer Zug, mich in meiner trüben Stimmung den Bildern himmelschreiender Not, menschlicher Entwürdigung auszusetzen? Dieser Schmutz und die Narben der Brandmarkung an Kindern! Diese von allem Gräßlichen wissenden dunkelblickenden Augen in jungen, zarten und doch alten und furchtbar erfahrenen Gesichtern, die von der Natur so schön gestaltet wären. Gleicht nicht der eine und andere Bub meinem Enkel?

Wie unter Hypnose muß ich zusehen, wie sie

eingefangen werden, flüchten, wieder gefangen werden. Dann die Schlußworte des Kommentators: »Es gibt keine Hilfe für diese Geschöpfe! Sie sind unheilbar. (In einer unheilbaren Anti-Gemeinschaft, denke ich hinzu.) Sie können nicht erlöst werden von Verbrechen und Rauschmittelmißbrauch, nicht bewahrt vor Gefängnis und Zuchthaus. Jugendpolizei und Sozialhelfer kämpfen auf verlorenem Posten um die Tausende von verwilderten Kindern in einer verkrebsten Großstadt. Einzige Gnade für diese Armen – ein früher Tod!«

Ich breche in Tränen aus. Also nichts, was die Ungebärdigkeit der Menschen stillegen kann! Kein System – nichts! Ich kann nur noch schluchzen, bis mir die nüchterne Überlegung kommt: Was nützen deine Tränen? Wem nützt dein Aufruhr? Dir nicht und ihnen nicht. Ich spüre, wie es sich in mir verkrustet im Wunsch: Jetzt nur schlafen! Wenn ich es nur könnte! Ich verachte Schlafmittel. Also mich selbst überlisten durch Ablenkung! Flucht in etwas Gefühlsneutrales, zum Beispiel Übersetzung in eine fremde Sprache. Das hat mich schon oft diszipliniert. Etwas die Gedanken Zügelndes, recht Schwieriges, muß es sein! – Ich suche die Bücherreihe im Regal ab. Da liegen zum Einordnen bereite Schriften, darunter die Cicero-Reden zur Verschwörung des Catilina. Vor Wochen habe ich mich zur Kopfübung daran im Übersetzen versucht. Das könnte meine Gedanken jetzt streng genug beanspruchen. Ich schlage den Text dort auf, wo ich stehengeblieben bin. Die verzwickten Konstruktionen tun tatsächlich ihre Wirkung. Ich muß die Grammatik zu Hilfe nehmen, im Wörterbuch nachschlagen, den Kopf anstrengen. Das ist zunächst wohltuend beruhigend, solange ich übersetze, ohne mir des Inhalts bewußt zu werden. Aber auf einmal werde ich aufmerksam auf das menschliche Geschehen vor über 2000 Jahren. Damals wie heute: Korruption, Gewalttat, Grausamkeit. Die ewigen Schatten, welche Menschen werfen! Die Vokabeln brauche ich schon nicht mehr nachzuschlagen, so oft wiederholen sie sich, hämmern sich mir ein: Mord – Verbrechen – Schandtat – Verderbnis – Furcht – Haß – Verschwörung – Gewalt – Gier – Laster – Unzucht – Schändung! – Brauchen wir weit zu suchen, um sie auch heute anzutreffen?

Der Stift entgleitet mir, der Kopf fällt mir in die Hand. Niemand ist da, ihn mir aufzurichten. Ich muß allein zu mir kommen, mir mit aller Strenge sagen: »Ich will mich nicht hintersinnen, auch wenn ich jetzt das Leben auswendig weiß – par cœur, wie der Franzose sagt – und ich dieses Herz mit Gewalt zur Raison bringen muß. Denn jetzt wird es schwierig – immer schwieriger mit zunehmendem Alter. Die Scharfsicht und Durchsicht kann unerträglich werden, wenn die betäubenden

Lebensantriebe versiegen. Das Leben hat heute Striptease vor mir gemacht, zeigt mir sein Gerippe, die Menschen in ihrer nackten Anlage. In ein Gehege von Eigensucht sehe ich sie gezwungen, in eine Rüstung von Wehr, zum gegenseitigen Kampf bestimmt. Ich schmecke Bitteres auf der Zunge. Ist es Menschenverachtung? Sollte ich zum Misanthropen werden? – Der Held der Molièreschen Tragikomödie fällt mir bei diesem Wort ein. Ja, wie dieser möchte ich einen Ort aufsuchen auf dieser Erde, einen abgeschiedenen Ort, wo man noch die Freiheit hätte, ein ehrenhafter Mensch zu sein. Aber schon setzt die Abwehr in mir ein: »Nein, nein, nicht Misanthrop will ich sein! Ich will lebensgesund bleiben, ich will es, so alt ich bin.« Und ich fange an, zu mir zu sprechen: »Du kleines Glied dieser unbegreiflich angelegten Menschenmasse, begreife es doch endlich, daß Streit, Kampf, Krieg die Fortbeweger des Lebens sind, Lebensvernichter und Lebenserhalter zugleich. Tu doch nicht, als ertrügst du diese Einsicht nicht, weil du alt bist! Mensch sollst du bleiben, auch als alter: Streit, Kampf, Krieg annehmen, wenn du nur weißt, wofür und wo du stehst. – Und wie wunderbar, unter der harten Ermahnung läßt der Druck nach. Still räume ich mein Pult von Büchern und Papieren, nehme die schlaflose Nacht auf mich und bestehe sie. Und bestehe damit ihn: den Altersentwicklungssturm.

Eine Begegnung, die mich heiter stimmt. Herr B. ist vor kurzem pensioniert worden. Das äußere Bild: untersetzt, runder Kopf mit Glatze, Brille. Aber diese Erscheinung ist durchlässig für eine Ausstrahlung, die wohlige Ruhe vermittelt. Es hängt zusammen mit der Geschichte seiner beruflichen Laufbahn, die er mir eben erzählt hat.

»Ich war ein flauer Gymnasiast, lebte nur von zwei Fächern, Geschichte und Kunstgeschichte. Die anderen Disziplinen verdaute ich mühsam und mit einem Minimum an Fleiß. Nach der Matura entschied der Vater: ›Du studierst Medizin und übernimmst später meine Praxis!‹ Gehorsam, aber unglücklich, stotterte ich mich durch die Semester und quälte mich durch die Anatomie. Ich war kein Medizinstudent; meine Freunde hatte ich bei den Philologen und den Kunstgeschichtlern. Nachdem ich mich durch die zwei ersten Examina gekämpft hatte, starb mein Vater. Ich hatte bei allen Schwierigkeiten die Kraft, das Fremdgebiet abzuschütteln, und sattelte um auf Geschichte und Kunstgeschichte. Hier fand ich meine geistige Heimat. Nach dem Abschluß mußte ich mich bescheiden. Zehn Jahre lang untergeordnete Tätigkeit bei geringem Einkommen und viel Geduld, bis der Sprung auf die Stufe gelang, auf der ich meine Neigungen und Fähigkeiten voll entfalten durfte.«

Es belebt mich, diese sinnvolle Lebenskurve mitzuverfolgen. Der Mann wirkt auf mich wie einer, der ein Wunder erlebt hat, an das ich nicht recht glauben kann. Es drängt mich nach deutlicherer Bestätigung, deshalb meine Frage: »Und sind Sie mit diesen Umwegen und Sackgassen nachträglich einverstanden?«

Sein »Ja« klingt so überzeugend, daß es in mir ein wahres Frohgefühl auslöst. Einer, der ja sagen kann zu seinem krummen und mühseligen Weg!

»Warum hätte der Weg geradlinig sein sollen?« meint er. »Sollen wir Pedanten der Geradlinigkeit sein, wo das Leben grundsätzlich mehr krumme Linien zeichnet als gerade?«

Ich kann dem nur zustimmen. War etwa so viel Verlorenes an diesem krummen Weg? Ist Verlorenes nicht oft ein Gewinn? Muß es nutzlos sein, Winkel und Plätze der Lebensstraße kennenzulernen, in denen man nicht bleiben und wohnen möchte?

Was Herr B. sich auf Umwegen erobert hat, läßt ihn auch jetzt, nach der Pensionierung, nicht im Stich. Es ist Teil seiner selbst geworden. Abgesehen davon, ist sein Wissen immer noch gefragt und geschätzt. So viel gesammelte Erfahrung holt der Nachwuchs nicht so rasch auf, und selbst wenn sie nur ihm allein verbliebe, wäre sie ihm immer noch reich genug. Reichtümer allerdings hat ihm sein Wissen nicht eingebracht. Wenn ich aber sage: »Herr B. vertieft sich in seine Arbeit«, könnte es ebensogut heißen: »Er vertieft sich in sein Glück.« Und mir ist, als hätte ich im grauen Gestein einen Kristall entdeckt; denn ich denke an die vielen, denen ihre Arbeit Fron ist.

Esther

Ich finde ein vor Jahren geschriebenes Tagebuchblatt und lese folgendes:

»Esther hat angerufen. Es sei ihr nicht gut ergangen in der letzten Zeit. Man habe ihr neue Mittel eingespritzt, die sie sehr leiden machten: fast unerträgliche Schmerzen, hernach Übelkeit mit fürchterlichem Erbrechen, ganze Nächte hindurch.

Ich weiß, daß sie eine bösartige Krankheit hat, und bin am Telefon nahe daran, in Tränen auszubrechen. Nicht nur ihretwegen – nein, auch meinetwegen. In jedem Kummer um andere ist auch die Selbstsucht einbezogen. Weil der mögliche Verlust eine Verarmung bedeuten würde. Ich stelle mir eine Welt ohne Esther vor. Esthers lebendiges Gesicht, ihre Stimme wären für immer unerreichbar.

Nie mehr vernähme ich den Widerhall meiner Gedanken von ihr. Es kommt mir fast schmerzhaft zum Bewußtsein, wie sehr mir ihre Gegenwart Aufhellung, Anregung, Freude, Stärkung bedeutet. Es wäre mir nicht genug, wenn ich nurmehr in der Erinnerung von ihr zehren dürfte. Ich will es nicht! Auch viele andere, denen sie noch näher steht als mir, sträuben sich dagegen.

Ihre Fassung reißt mich aus meiner kindisch ungebärdigen Auflehnung. ›Glaube nicht‹, sagt sie, ›ich sei jetzt unglücklich. Der Gedanke, sterben zu müssen, wirft mich nicht um. Habe ich nicht ein erfülltes Leben hinter mir? Ich lechze nicht nach mehr. In dem, was mir noch bleibt, lasse ich nun alles an mich herankommen. Ich lebe meinen Tag voll aus. Jetzt, da es mir wieder etwas besser geht, sorge ich für meinen Mann, mache den Haushalt, die Einkäufe, ich lese, schreibe. Körperliche Schmerzen sind jedesmal bald vergessen. Wenn sie vorbei sind, lebe ich auf, bin wieder genußfähig. Weißt du, es ist anders als bei seelischen Leiden, die anhaften und lange bleiben – und die habe ich Gott sei Dank nicht.‹

So ist sie die Tröstende, und ich bin die zu Tröstende. Und schon setzt sie mit Fragen nach mir selbst an, spricht von anderen Menschen mit natürlicher Teilnahme, redet vom allgemeinen Geschehen, dem wir zur Zeit ausgesetzt sind. Es ist so viel Lebendiges in ihr, so viel Klugheit. Daher kann ich gar nicht anders als immerzu denken: ›Wie man sie lieben muß!‹

Sie wird in der Tat viel geliebt. Auf eine schwer einzuordnende Weise. Vielleicht auf jene Art, wie der Schwache das Starke liebt oder der Lebenshungrige das Leben. Ich weiß es nicht genau zu sagen. Es mag auch Egoistisches an dem sein, was man ihr entgegenbringt. Ich will es auch gar nicht untersuchen. Aber alle haben Angst um sie, niemand will sie verlieren. Wir, die anderen, sind zu beklagen, wir allein. Sie nicht, denn sie ist gesättigt vom Leben. Aber gerade diese Sättigung, was bedeutet sie? – Vollendung?«

Jahre sind verstrichen seit der Niederschrift dieses Tagebuchblattes. Esther lebt und ist gesund. Heute frage ich mich: »Wolltest du ein Heiligenbild aus ihr machen, als sie in Todesgefahr war? Du, die du weißt, daß jeder Mensch seine Abgründe hat, die ihn vor dem Heiligsein bewahren?«

Esther lebt so intensiv wie eh und je und ist ganz lebendig unter uns. Trotzdem scheint es mir, als sei, seit sie an jener endgültigen Schwelle verweilt hat, ihre geistige Existenz viel weiter entwickelt als die unsere, im Einverständnis und in der Bewältigung des menschlich Hinfälligen nämlich. Sie ist uns um Jahre voraus. Sie läßt uns vergessen, was sich in ihrem Körper an Gefahr zugetragen hat, und sie macht es uns leicht, es immer wieder zu vergessen.

Alle, die um sie bangten, zehren wieder von ihrer Kraft.

Heimkehr

Heimkehr, was ist das? Ich zum Beispiel bin gerade heimgekehrt; nach kaum einer Woche Abwesenheit. Ich habe mich nach drei Jahren zum ersten Mal wieder mit lieben Freunden in Bregenz getroffen – während herber Frühlingstage. Zeitweise schien ein wenig dürftig die Sonne, dann gab es plötzlich heftigen Schneefall, und wir hörten von Menschenleben, die durch Lawinen ausgelöscht worden waren. Wir wohnten in einem kleinen Gasthof, der wirklich Auszeichnung verdient. Für uns waren es glückliche, befriedigende Tage. Das konnten wir uns beim Abschied bestätigen. Während der Fahrt kreisen meine Gedanken um diesen Begriff Heimkehr. Was bedeutet mir Heimkehr, zumal jetzt, da ich aus einer von Herzlichkeit belebten Gemeinschaft komme?

Der Zug fährt in den Bahnhof ein, ich steige aus, unterdrücke die Hoffnung, daß jemand mich abholt. Natürlich steht niemand von den Meinen am Bahnsteig. Aufrecht strebe ich dem Ausgang zu; er ist von Wartenden umlagert, aber für mich leer. Ich bin fast ein wenig beschämt im verminderten Wertgefühl der nicht Abgeholtwerdenden. Weit zurückliegende Ankünfte steigen in mir auf. Ich sehe die bekannte Gestalt auf mich zukommen, sehe in schmerzender Schärfe seinen strahlenden Blick, spüre kühle Lippen auf meiner Haut. Die Kinder sind schon vorher im Wettlauf auf mich zugesprungen; ich empfinde die selige Beruhigung des Augenblicks, wenn Mutter und Kinder sich nach Trennung unversehrt umarmen.

Was soll eine alte Frau tun, wenn solche Gefühle sie überfallen? Soll sie denken: Du bist eine jener Bevorzugten, der es einmal so gut ergangen ist? Da gibt es doch Tausende und Abertausende, die es überhaupt nie erlebt haben. Geht nicht einer hinter dir, vor dir, neben dir, im Strom der Ankommenden, dem eine schlimmere Heimkehr bevorsteht als dir? Eine unfreundliche, feindselige vielleicht? Die einen Engel bitter nötig hätten, ein gestaltloses Wesen, das ihnen unsichtbar den Arm um die Schulter legte? – Ja, solches denke ich – nicht zu meinem Trost, nur zur Verdrängung überflüssiger Gefühle. Und schon strebe ich in nüchterner Entleertheit meiner Behausung zu. Ich muß zuerst meine Schlüssel bei der Nachbarin holen. Sie bittet mich freundlich herein, beginnt zu erzählen, wie es ihrem Sohn nach einem schweren Unfall ergeht und daß er sich auf dem Weg zur Genesung befindet.

Dann hilft sie mir, das Gepäck ins Haus tragen und übergibt mir die Post, die in meiner Abwesenheit eingetroffen ist. Es sind außer einer Todesanzeige, die mich tief betrübt, bloß Zeitungen und Rechnungen. Ich koche mir einen Tee und sitze wie ein von seinem Herrn im Stich gelassener Pudel, mit hängenden Ohren, davor. Die noch frischen Ereignisse der letzten Tage lege ich im Geist eins nach dem andern zur Seite. Keine Arbeit will mir gelingen. Ein wilder Drang nach menschlichem Kontakt macht mich fahrig. Ich brauche die Nähe meiner Kinder, möchte ihre Stimme hören. Also stürze ich ans Telefon. Bei der Tochter rufe ich vergebens an, niemand ist zu Hause. Die Schwiegertochter ist auch nicht anzutreffen. Bleibt nur noch, es im Büro meines Sohnes zu versuchen, was ich sonst tunlichst vermeide. Hier endlich das Empfinden jener Nähe, die man nach einer Heimkehr ins leere Haus einfach braucht.

»Bist du ganz allein zurückgekehrt?« fragt er. Er habe den Termin meiner Rückkehr nicht gewußt, sonst hätte er mich abgeholt. Das ist mir Balsam auf meine Enttäuschung. Ich erfahre, daß die Schwiegertochter krank gewesen ist und, noch etwas geschwächt, eine Familienhilfe zugezogen habe. Naturgegebene Sorge setzt fast heilsam bei mir ein. Ich lege den Hörer auf die Gabel. Wähle eine andere Nummer. Vermeintlich. In Wirklichkeit ist es nochmals die meines Sohnes. Nichts ist so verräterisch wie das Versehen. Er hat Verständnis dafür, mehr als ich selbst. Ich lächle über meine Schwäche und spule mich jetzt ganz getrost in den gewohnten Alltag ein. Ich brauche Milch und Brot und mache mich auf, Einkäufe zu tätigen. Auf dem Heimweg treffe ich den Schwiegervater meiner Tochter, den Achtzigjährigen.

»Sie sind oben bei uns«, sagt er, »komm doch einen Augenblick hinauf!«, und als ich zögere, fährt er mit so verführerischer Herzlichkeit fort: »Bloß um guten Tag zu sagen!«, daß ich gehorche. Sein Einfühlungsvermögen ist echt; das war es immer und hat sich im Alter unverfälscht erhalten. Die nächste Generation besitzt es nicht mehr im gleichen Maß. Den Beweis bekomme ich sofort. Ich treffe seinen Sohn, also meinen Schwiegersohn, und einen meiner Enkel engumschlungen vor dem Fernseher, vertieft in die Weltmeisterschaften im Eishockey. Nein, sie reagieren nicht unfreundlich auf die Störung, durchaus nicht, besonders der Schwiegersohn rappelt sich sofort aus der hingegossenen Haltung auf und berichtet, daß meine Tochter bei einem Kurs in Montana sei. Das erklärt ihre Abwesenheit. Ich frage, ob sie die Mutter vermißten. »O nein«, klingt es wie aus einem Mund, »gar nicht, wir kommen sehr gut zurecht.« Das ist die neue, zur Selbständigkeit erzogene Generation. Mütter von heute dürfen sich getrost berufshalber entfernen. Die Kinder haben so viele Erlebensmöglichkeiten, daß sie anscheinend nicht nach Mutterumsorgung hungern. Dafür müssen die alten Mütter lernen, sich an eine von Gefühlsbanden befreite Umwelt anzupassen. Die Klugen lernen es.

Nachdenklich mache ich mich auf den Heimweg. Da begegnet mir eine Bekannte am Arm ihrer alten Mutter. Die bald Neunzigjährige sieht rundlich und rosig aus, die Tochter hingegen – auch schon über sechzig – grau und müde. Sie ist berufstätig und lebt mit der Mutter zusammen. Ihr Lächeln verrät Tapferkeit. Daß es das noch gibt, diese vollkommene Hingabe an die Mutter, die der alten Frau das Altersheim erspart!

Begegnung im Bus

Ein alter Mann sitzt neben mir, ein unansehnlicher Mensch mit jener trockenen, alten Haut an den Händen, die ich gerne mag. Mein Großvater hatte eine solche. Der Mann beginnt ein Gespräch – natürlich übers Wetter. Einige Stationen weiter weiß ich, daß er mutterseelenallein lebt, Wanderungen nicht mehr machen kann, da er schon vierundachtzig ist, und daß er es überhaupt schwer hat, mit dem einsamen Leben fertig zu werden. Ganz spontan kommt mir der Gedanke, ihn für morgen oder übermorgen zu einer Tasse Kaffee einzuladen. Man kann sich gut mit ihm unterhalten, wenn auch auf einfache Weise; er hat etwas Ehrbares an sich. Doch schon türmen sich vor dem spontanen Einfall meine Pflichten wie eine unüberwindbare Mauer: die Schüler, die Enkel, die Freunde, die alle ihren Teil abfordern, das Haus, der Garten, die der Besorgung harren. Die unausgeführten Aufträge überfallen mich mit Drohung; ich sehe mein Pult vor mir mit den angehäuften, zu erledigenden Arbeiten; Begonnenes, das drängt zu Ende geführt zu werden... Unterdessen spricht der Mann an meiner Seite weiter von seinen traurigen, alten Tagen. Es ist eine unaufdringliche, bescheidene Klage. »Nur ein wenig mit einem Menschen reden« will sie sagen. Obschon ich nur mit halbem Ohr zuhöre, dringt sie in mich ein, bis in die Schicht des Gewissens. Die Mauer will fallen. Hastig suche ich in meiner Tasche nach einer Visitenkarte mit meiner Adresse – da hält der Bus, mein Nachbar erhebt sich, steigt aus, ehe ich sie gefunden habe. Aus dem langsam anfahrenden Bus schaue ich ihm nach, betrübt für ihn, betrübt über mich. Warum habe ich nicht rascher gehandelt, warum gezögert? Nun belastet es mich, nicht das Richtige getan zu haben. Ich werde ihn wiedererkennen, merke mir mit einem letzten Blick seine untersetzte Statur, den Filzhut, das Muster seines Mantels und verspreche:

Sollte ich ihm im Bus wieder begegnen – was wahrscheinlich sein dürfte, denn er scheint in dieser Gegend, die ich fast täglich durchfahre, zu wohnen –, dann hole ich nach, was ich versäumt habe. Dabei fällt mir ein Kindheitserlebnis ein. Ein alter Mann an unserer Tür bittet um ein Paar Schuhe. Wie immer bei einem Klingelzeichen bin ich vom Essen weg erwartungsvoll zur Tür gesprungen. Ich sehe, wie der Mann einen Fuß hebt, sein erbärmlich zerrissenes Schuhwerk zeigt, aus dem schon die Zehen herausschauen. Die Haushälterin an meiner Seite wimmelt ihn ab: »Nein, wir haben keine alten Schuhe!«, wirft die Tür zu und läßt ihn stehen. Ich laufe aufschluchzend hinein ins Zimmer, in dem die Familie noch beim Abendessen sitzt, kann mich nicht fassen vor Mitleid und Erbarmen. Dem Großvater geht mein Jammern ans Herz. Er befiehlt dem Mädchen: »Holen Sie den Mann zurück!« Es zeigt sich, daß der Alte dieselbe Größe wie Großvater hat, und er bekommt ein Paar von dessen besten Schuhen. Das Dienstmädchen schimpft: »Er wird sie verkaufen und das Geld vertrinken, er roch nach Schnaps!« Aber der Großvater antwortet: »Wir wollen dem Kind den Kummer nehmen.« Ich aber war nicht ganz getröstet. Dieses Erlebnis senkte sich in mein weiches Kindergemüt und geht mir nach, lebenslang. Ich kann alte Männer nicht leiden sehen. Aber so sehr viel scheint wohl doch nicht daran zu sein, schließlich hatte der

Großvater seine Schuhe verschenkt, ich aber die Visitenkarte nicht gefunden…

Wetter-Gedanken

Es sollte Frühling sein, aber als ich des Morgens das Fenster öffne, fallen dicke Flocken. »Aha«, denke ich, »deshalb habe ich so schlecht geschlafen!«

Ich reagiere wie ein Seismograph auf atmosphärische Störungen. Angesichts des Schneegestöbers empfinde ich Erleichterung, daß »es also bloß das Wetter war«. Man – und »man« bin nun gerade ich – will ja zu allem immer die Ursache finden. Man möchte alles erklären können. Daß jetzt, im April, der Schnee kommt, auf den wir den ganzen Winter über gewartet haben, das läßt sich allerdings nicht erklären. Die Natur scheint sich zuweilen wenig um den menschlich festgelegten Kalender zu kümmern, obwohl sie ihn ursprünglich doch vorgeschrieben hat. Sie mag offensichtlich das gewaltsame Einordnen in ein System nicht. Sie will frei walten. Im Grunde ist mir das sympathisch, doch zwiespältig, wie ich nun einmal bin, ärgert mich heute dieser Winterrückfall. Ich hätte die Jahreszeiten gerne so, wie sie im Schulbuch meiner Kindheit standen. Frühlingsbilder und -gedichte, blühende Bäume, Sonnenschein. Meite, die bislang nur wenig Frühlinge erlebt hat, ist klüger, wirklichkeitsnaher. Als ich ihr das bunte Bild im Bilderbuch zeige und sage: »Jetzt kommt bald der Frühling!«, korrigiert sie mich. »Nein, jetzt kommt der Winter!«, und sie macht es mir ziemlich schwer, ihr den Lauf der Jahreszeiten zu erklären. Ich muß bei meiner Lektion einfließen lassen, daß der Mensch in allem ein wenig im Unsicheren bleibt. Ich versuche das so gut wie möglich. Das Kind scheint es ganz gut zu begreifen, während ich, in meinem Alter, mir immer wieder vorsagen muß: »Nicht nur das Wetter, das Leben selbst ist ausgerichtet auf Unerwartetes und Unsicheres.«

Selbstschutz und Nächstenliebe

Ich bin versunken in eine dringende Arbeit. Das Telefon klingelt. Ich lasse es läuten, zögere, den Hörer abzunehmen. Aber könnte es nicht etwas Wichtiges sein, ein erfreulicher Anruf gar? Ich gebe nach. Es meldet sich eine Bekannte, die mir schon viel Anhänglichkeit bewiesen hat. Nach ihrer oft erduldeten Weitschweifigkeit am Telefon jedoch ist meine Lust, ihr zuzuhören, im Augenblick sehr gering. Ich weiß, sie will sich wieder einmal aussprechen, wahrscheinlich etwas lösen, womit sie nicht selbst zurechtkommt. Genauso ist es auch.

Nach ein paar kurzen Höflichkeitsfloskeln, die mich schon ungeduldig machen, geht sie über zu ihrem Problem. Es ist kein geringeres als das des Waschküchenbenützungsturnus in ihrem Mietshaus. Anschließend gerät sie in einen ausführlichen Bericht über einen Hausklatsch mit Streitigkeiten. Ich muß mich sehr beherrschen, kritzle Kreise auf den Block, bis sie sich fast zum papierdurchbohrenden Klecks verdichten. Mir die Zeit stehlen mit solchen Bagatellen! Wie kann ich ihrer Geschwätzigkeit Einhalt gebieten, ohne schroff zu sein?

Während ich nach einer artigen Ausrede suche, um das Gespräch damit abzuschneiden, werde ich unsicher. Bagatellen? Was kann sich dahinter verbergen? Sie spricht aufgeregt, hat offensichtlich Beziehungsschwierigkeiten. Sie lasten auf ihr; sie muß sie von sich geben. Ich erinnere mich: Sie hat manchmal mit der Galle zu tun. Wenn ich jetzt abbreche, staut sich etwas in ihr an. Sie führt ja wahrscheinlich kein Tagebuch wie ich, um sich schreibend von Aggressionsstauungen zu befreien. Ich sehe ein: Ich muß sie weiterreden lassen, auf Kosten meiner Zeit, die ich so notwendig gebraucht hätte. Dennoch sammelt sich ein Vorrat an Verärgerung in mir an. Streckenweise höre ich nur mit halbem Ohr zu, finde schließlich doch einige lindernde Zusprüche. Unter dieser Beihilfe beruhigt sie sich, ich kann sie dem Schluß zulenken, den Hörer auflegen, seufzen. Ich sehe auf die Uhr: Fünfundvierzig Minuten hat sie mich hingehalten! Mein Morgen ist vertan. – Ist er es wirklich? Auf jeden Fall ist mir wohler, als wenn ich ihrem Mitteilungsbedürfnis Gewalt angetan hätte. Zuletzt war sie hörbar besänftigt, kam ganz von selbst zur Einsicht, daß die Sache nicht tragisch sei. Zuweilen haben Leute Hilfe nötig, wenn es sich nur um einen Splitter im Finger handelt, den sie nicht selber auszuziehen wagen. – Und die Störung? Geht es im Leben je ohne Störung ab, ohne unverhoffte, von innen und außen?

Ehe im Alter

Liebe Freunde, Mann und Frau, klagen bisweilen über Schwierigkeiten, die sich jetzt, nach der Pensionierung des männlichen Partners, akut ergeben hätten. Von ihrer Seite aus gesehen ist er wortkarg, eigensinnig, oft unversöhnlich. Dazu das alte Lied: Er schätzt ihre Hausfrauenleistung zu wenig, lobt nie; auch anerkennt er einige ihrer Freunde nicht, zieht sich zurück, wenn sie zu Besuch kommen, und so weiter. Zudem ärgert sie noch immer die Bindung an seine Mutter. »Nie habe ich vor ihr recht bekommen!« Obgleich die Schwiegermutter längst gestorben ist, geht ihr Geist in dieser Ehe immer noch um in der Erinnerung der Frau.

Von seiner Seite aus gesehen ist sie launisch, pedantisch, uneinsichtig; sie gehe auch der Schwiegertochter durch herrschsüchtige Züge auf die Nerven.

Ich höre solchen Klagen etwas gequält zu, sozusagen mit psychiatrischer Geduld. Es ist das einzige, was ich für die Frau tun kann. Ich beobachte an mir die Neigung, den Mann etwas besser zu verstehen. Vielleicht, weil seine nachteiligen Seiten vor mir weniger zur Geltung kommen. Ich sehe ihn nachgiebiger, sachlicher, freundlicher im ganzen Gebaren. Offensichtlich ist ihre Empfindlichkeit ausgeprägter als bei ihm. Dies zeigt sich in ihrem Ton, ihrem ganzen Verhalten. Ich will damit kein Urteil fällen – wie dürfte ich –, denn was weiß ich von tieferen Verletzungen, die sie während ihrer Ehe gekränkt haben? Ich bin nur auf mich befremdende Beobachtungen angewiesen. Zum Beispiel: Er ist eine Gelehrtennatur, geht im Gespräch äußerst gründlich ins Detail, auch etwas langatmig, aber seine Genauigkeit ist zu schätzen, wenn man informiert werden will. Dabei kommt es vor, daß sie mit allen Zeichen des Gelangweiltseins davonläuft. »Ich habe das alles schon hundertmal gehört«, sagt sie nachher barsch und mit einer gewissen Bitterkeit. – Wenn sie andererseits durch die Shopping Centers flaniert und – von mir aus gesehen – Einkäufe von fraglichem Wert macht, trottet er geduldig mit, wenigstens, wenn ich dabei bin, wahrt seine gute Laune, gibt sich privaten, sehr originellen und treffenden Bemerkungen über den jahrmarktlichen Ort hin, wo er so gar nicht hinpaßt. Seine Geduld und Haltung rühren mich.

Doch trotz allem Ungereimten ist etwas da zwischen ihnen, das sie eng bindet. Es ist längst nicht mehr der körperliche Trieb zueinander, der trügerisch die verschiedenen Bedürfnisse zu überwuchern vermochte. Es ist etwas ganz anderes, über allem Hinfälligen Stehendes. Es zeigt sich nur selten wie alles Bedeutende. Vor einiger Zeit war ich Zeuge davon. Die Frau war die Treppe hinuntergestürzt, und als wir, ihr Mann und ich, erschreckt hinzueilten, fanden wir sie bewußtlos. Der Mann hielt sie in den Armen. Nie vergesse ich seinen Blick voll Angst, bis sie die Augen aufschlug. Sie erholte sich rasch von der Gehirnerschütterung, aber bald lahmte auch ihr Verhältnis zueinander wieder. Was nützt mir mein Zureden, sich gegenseitig anzunehmen und ihre Liebe zueinander etwas besser zu zeigen! Ich sagte zu der Frau: »Ihr werdet einander ertragen müssen, bis eins stirbt. Danach wird der (die) Zurückbleibende die Reue tragen müssen.«

Darauf antwortete sie mir: »Wenn er nicht mehr da ist, dann will ich auch nicht mehr leben.« Im stillen dachte ich: Die Ehe ist auch für gereifte Leute ein Kunststück, vielleicht ist man überhaupt nie reif genug dazu, wie für jedes Zusammenleben überhaupt.

Selbstverwirklichung?

Vor siebzig Jahren warteten Lili und ich zusammen auf das Leben. Wir saßen in derselben Schulbank. Damals war es noch nicht Freundschaft – bloß Erlebensgemeinschaft. Unter allen Schülerinnen gefiel sie mir am besten. Sie konnte ebensowenig stillsitzen wie ich; auch ihr Streckfinger zappelte immer ungeduldig in der Luft. Manchmal konnte sie nicht an sich halten, ungefragt in die Klasse hineinzurufen, was sie dachte – genau wie ich.

Heute besuche ich Lili in ihrem ruhig und hoch über dem Land liegenden Haus. Selbst bei Regenwetter wie jetzt ist es hier oben noch hell. Durch die breiten Fensterscheiben bricht ein Grünschimmer, und der emailblasse Himmel läßt Licht einfallen. Lili ist zu beneiden, hier daheim zu sein.

Ich bin jederzeit gern bei ihr eingekehrt. Immer erwarteten mich belebtes Gespräch und Verstehen.

Während sie jetzt den Tee bereitet, sehe ich mich um. Ich kenne jedes Stück im Raum seit langem. Ich weiß, was die mächtige Bücherwand enthält; oft bekomme ich etwas daraus zum Lesen mit. Die Bilder, teils von Lili selbst gemalt, haben auch für mich eine Geschichte. An der Schmalwand steht das alte schwarze Klavier. Vorn am Gehäuse verraten zwei kaum verdeckte Wundstellen, daß hier einst Leuchter angebracht waren. Lili spielte als junges Mädchen abends bei Kerzenlicht. Auch bei geschlossenem Deckel vernehme ich die Klangfarbe des Instruments. Lili hat mir lange nicht mehr vorgespielt. Sie sei nicht mehr gut in Übung, sagt sie, aber ich weiß, daß es unter ihren Fingern immer noch perlt. Ursprünglich wollte sie Pianistin werden. Auf musikalischem Gebiet lag vielleicht die ausgeprägteste ihrer vielen Begabungen. Sie hat dann die volle Entfaltung des Talents zugunsten einer frühen Ehe aufgegeben. Unsere Zeit empfand solches Opfer als natürlich.

Den runden Tisch vor dem Gartenfenster hat Lili schon vor meinem Eintreffen gedeckt. Er ersetzt jetzt die lange Familientafel von früher. Auf dem handbestickten Leinen stehen die Porzellantassen, die sie als junge Frau selbst bemalt hat. Auch das im

Untersätzchen schaukelnde silberne Teesieb und die Zuckerschere sind mir längst vertraut. Nichts von allen diesen Sächelchen hat Farbe oder Glanz eingebüßt wie wir beide, die wir uns ihrer bedienen.

Wenig verändert hat sich auch die Tonart unserer Gespräche. Sie sind offen und vertrauend geblieben. Sie modulieren wie von jeher je nach Gegenstand und Stimmung. Vielleicht ist das Tempo in Frage und Antwort zögernder geworden. Wir wühlen nicht oft im Vergangenen, obwohl es im Unterbewußtsein ständig zwischen uns ist. Öfter gehen wir das Künftige an. Behutsam, denn es wird uns nicht leicht, uns ihm zuzuwenden, bis dorthin, wo es Vergänglichkeit und Tod streift. Wir wissen, wir sind nicht mehr allzufern davon. – Dann wieder sind wir mitten im Gegenwärtigen. Der Stoff dehnt sich vom Engen des eigenen Befindens zur Familie und ins weitere, umfassendere Geschehen.

Heute halten wir ein wenig Überblick über unser langes Leben. Wir vergleichen das, was wir ihm abfordern durften, mit dem, was die heutige Frauenbewegung als selbstverständlich verlangt. Dabei drängt sich mir die Frage auf: »Sag, Lili, hast du in deinem Leben Selbstverwirklichung gefunden?« Ihr immer noch schöner, klarer Blick öffnet sich mir. Sie nimmt sich Zeit, bevor sie antwortet: »Zum Teil...« Dann das zögernde Bekenntnis: »Ich habe allerdings nicht alle meine Fähigkeiten verwirklichen können. Meine künstlerischen zum Beispiel mußte ich aufgeben. Einmal habe ich darüber getrauert. Heute glaube ich: es war gut so. Zu herausragenden Leistungen hätten meine Gaben nicht gereicht. Ich hatte die dilettantische Neigung, meine Fähigkeiten zu zersplittern. Aber ich habe sie nutzen dürfen. Im menschlich-fraulichen Bereich. Und hier glaube ich, mich verwirklicht zu haben. Da war mir Gelegenheit zur inneren Entwicklung gegeben, und mir ist, als sei dieser Weg der einzig richtige gewesen.«

Ihr abgeklärtes Geständnis hat mich, die ich ihr ganzes Leben mitverfolgt habe, ergriffen. Lili erspart mir nicht die Gegenfrage: »Und du? Wie steht es mit deiner Selbstverwirklichung?«

Ich konnte nur die Antwort finden: »Ich glaube nicht, daß *ich* mich selbst verwirklicht habe; ich glaube, daß *es* sich in mir verwirklicht hat.«

Sein Sombrero

Von Zeit zu Zeit ruft Georges bei mir an. Es ist wie ein Echo aus einem früheren Leben, genauer: ein Widerschein »glücklicher Tage«. Wenigstens pflegt Georges sie aus dieser unendlich weiten Distanz als solche zu sehen und – vielleicht nicht ganz zu Recht – so zu benennen. Denn was sich damals zwischen uns zugetragen hat, war doch eher ein Verzichterlebnis gewesen.

Kürzlich nun besuchte er mich. Es war sehr anregend, abgesehen davon, daß er immer und immer wieder darauf zurückkam, wie es »damals« war. Seine rückblickende Phantasie ist erstaunlich lebendig, sie überwuchert die Gegenwart. Er beschreibt mir die Kleider, die Frisur, die ich als Achtzehnjährige trug. Er hat ein Photo von sich mitgebracht, um es mir zu schenken: »So sah ich damals aus.« Es ist, als ob mein Puls einen Augenblick rascher ginge. So war er, jetzt verstehe ich wieder. – Nun, das ist ein Stück Altersromantik. Sie hat ihren Duft.

»Sprechen wir lieber von der Gegenwart«, fordere ich ihn auf. »Von den Kindern und Kindeskindern.«

»Ich mag die Gegenwart nicht«, antwortet er. »Was heute geschieht, interessiert mich nicht mehr. Ich kann es nicht mehr verarbeiten.« Ich beobachte ihn traurig. Ist diese Gegenwartsflucht Senilität? Doch da setzt er recht scharfsinnig mit der Kritik an. Das Hauptmotiv heißt: »Diese Weltordnung von heute ist keine mehr.«

Könnte seine Resignation daran liegen, überlege ich, daß sich seine Jugendphase besonders günstig abgespielt hat und ihm bis in die Lebensmitte das meiste nach Wunsch gelang? War er auf das später folgende Schwierige zu wenig vorbereitet? – Er lebte lange in den Tropen. »Das war meine beste Zeit.« Sein matter Blick leuchtet auf. Er schildert sie mir bildhaft farbig, erzählt von der Einstellung der malaischen Völker zu Leben und Tod. Da ist wieder seine Kühnheit und Unternehmungslust, die mich einst faszinierte. Heute noch, in ihrem Abglanz, läßt sie mich ein wenig bedauern, daß ich dieses total andere, dieses erregend Fremde, nie selbst erlebt habe. Er muß es spüren, denn er fragt mich plötzlich: »Wie wäre es gewesen, wenn wir beide zusammen...«

Ich antworte ernüchtert: »Ich wäre dazu nicht mutig genug gewesen.«

Daraufhin will er wissen, wie ich »es« hinter mich gebracht habe. Er wundert sich über die mir verbliebene Arbeitskraft, wundert sich, daß ich nicht am Leben kränkle (ich sage ihm nicht, daß ich es manchmal auch tue), und nicht zuletzt wundert er sich, daß ich so gut koche, was er gar nicht von mir erwartet hätte.

Es ist wahr, ich habe das Menü mit besonderer Sorgfalt zusammengestellt, wegen des Zuckers in seinem Blut. Er hat überhaupt mit allerlei Gebresten zu kämpfen. Er klagt nicht ohne Selbstironie darüber. Und mittendrin erinnert er mich, wie wir – immer »damals« – zusammen einen Dreitausender erstiegen. Ach ja, jene Klettertour mit dem ranken, sehnigen jungen Mann! Und jetzt hat er ein Bäuchlein. Einmal klomm ich aus Ehrgeiz leichtsinnig voran, setzte ohne Bedenken meine Nagelschuhe auf. Ein Stein löste sich und hätte ihn beinahe erschlagen. Sein älterer Bruder, der dabei war, machte mir ernste Vorwürfe.

Beim Kaffee, den er ohne Zucker nehmen muß, lassen wir immer neue Daten aufleben. Wie es bei alten Menschen natürlich ist, geraten wir auch auf das Sterben und den Tod und auf die Frage, ob wir dazu bereit wären. Er bringt es wahrhaftig zustande, in den dunklen Ernst Humor einzublenden. Daran erkenne ich ihn wieder viel besser, wie er mit zweiundzwanzig Jahren war.

Am späteren Nachmittag bittet er mich, ihn in die Stadt zu begleiten: Er möchte sich einen Filzhut kaufen. Ich soll ihn dabei beraten. »Es muß ein breitkrempiger sein, ein wenig von der Form, wie man sie in den Tropen trägt.« – Um seinem Wunsch zu entsprechen, muß die Verkäuferin im Lager suchen. Am liebsten hätte er einen Sombrero. So drückt sich sein Heimweh nach der Zeit aus, in der er am intensivsten gelebt hat. Lächelnd sehe ich der umständlichen Anprobe zu. Soll der alte Herr doch den Hut haben, der ihn freut! Gott sei Dank hängt er noch an etwas. Wer hat nicht seinen Fetisch, wenn er alt geworden ist? – Nachdem er sich entschlossen hat, schiebt Georges den Hut ein wenig schräg auf seinen immer noch guten Kopf. Das gibt ihm einen jugendlichen Anstrich. Der schalkhafte Blick, den er mir unter der Krempe hervor zuwirft, bettelt um Verständnis, und ich denke: Ich bin für ihn wohl etwas Ähnliches wie sein Sombrero.

Besuch bei Silja Walter

Zu viert unternehmen wir den langgeplanten Ausflug zum Kloster Fahr. Elisabeth hat sich uns drei Alten als Jüngere angeschlossen, nachdem sie unser Ziel erfahren hatte. Uns geht es hauptsächlich um den romantischen Weg der Limmat entlang, ihr um ein Treffen mit der Jugendfreundin Silja Walter, der Dichterin und Nonne. Elisabeth verspricht uns, an der Begegnung teilnehmen zu dürfen. Ich bin begeistert, diese Frau endlich leibhaftig kennenzulernen, die ihre Lebensumstände für mich so befremdend verwandelt hat. Sie hat sich ins Kloster vergraben. Wie kann sie dort zurechtkommen, sie, die außerordentlich sensible Lyrikerin?

»Mein kleiner weißer Hund und ich,
wir gehn durch alle Türen,
wir suchen dich, wir suchen mich,
wir weinen und wir frieren…«

So schrieb sie einmal. Sucht, weint und friert sie immer noch?

Silja Walter schreibt auch im Kloster. Elisabeth in ihrer Spontaneität schleppt ein halbes Dutzend Bücher mit in der Absicht, uns unterwegs eine Ahnung von dem offenbarungsschweren neueren Werk zu vermitteln. Die Bücherlast erweist sich jedoch zur Wanderung als zu schwer, wir müssen sie im Zürcher Bahnhof dem Schließfach überlassen. Am Vormittag wandern wir dann leicht und froh der Limmat entlang. Sie scheint uns davonzueilen und ist doch immer mit uns. Auf einer Bank am Ufer verzehren wir unser Mittagsbrot. Die still vorbeirauschende Zeit bereitet uns auf das vor, was uns in Kloster Fahr erwartet.

Nach zwei, drei Stunden gemächlichen Spaziergangs erreichen wir unser Ziel. Ein Brunnenplatz vor dem Tor versetzt uns hundert Jahre zurück, noch weiter der umfriedete Klostergarten. Wir ziehen die Klingel an der eichenen Pforte. Eine Schwester, mildfreundlich lächelnd, entspricht unserem Begehr und meldet uns bei Silja Walter, hier Schwester Hedwig geheißen. Gleich danach führt sie uns durch hochgewölbte Gänge. Wir folgen scheu ihren flinken, lautlosen Tritten auf den blanken Fliesen. Da kommt Silja Walter uns auch schon entgegen, eine zarte, jugendliche Gestalt, eine Edeldame in Nonnentracht. Wir sind um Jahrhunderte zurückversetzt: Die Herrin eines vornehmen Hauses führt uns in einen Empfangsraum, heißt uns Platz nehmen.

Eine erste Verlegenheit ist rasch überwunden. Wir wagen Blicke in ihr Gesicht, sind überrascht, wie lieblich es ist. Dabei die aufmerksamen Augen, ihr Hinhorchen, das uns die Zunge löst. Ihre Antworten auf anfänglich schüchterne Fragen feuern unseren Wissensdurst an. Immer eindringlicher fragen wir. Wir fühlen es: Mit der kann man reden, sich offen geben. Es ist erlaubt, sich zu wundern über den Weg, den sie genommen, und sie nach ihren Beweggründen auszuforschen. Man darf die eigene Gottesferne sachlich-nüchtern eingestehen und ihre Gottesnähe skeptisch prüfen. Wo ist ihre Gewißheit verhaftet? Und wie lebt es sich darin? Wir fragen, fragen; denn da ist eine seltsam Fremde und doch eine, die durch das Wort Verbindung zu schaffen vermag. Ihre Antworten sind direkt, ohne Abirrung, ohne Ausflucht. Sie macht kein Geheimnis aus ihrem Geheimnis, versucht, es aufzulösen, auszudrücken – dieses Letzte, das man Glauben nennt. Mit ihrer Wortmächtigkeit kommt sie ihm ganz nahe und bekennt gleichzeitig, daß Gottnähe täglich neu gesucht werden müsse. Keine Spur von Überredungsbemühen, von Eifer, nur sanft spürbar der Liebesversuch anzustecken mit ihrer glücklichen Sicherheit.

Wir möchten wissen, wie sich's im Kloster leben läßt mit einer dichterischen Gabe, wie sie ihr eigen ist. Wir müssen begreifen, daß auch Dichten ihr Gottesdienst ist. Zuletzt kommt unsere Weltlichkeit auf die Frage: »Warum ins Kloster, wo es draußen so viel zu tun gäbe, auch im christlichen Sinn?« Da holt sie einen Text herbei, der gerade dieses Thema behandelt. Sie hat ihn eben für eine Aufführung während des Gottesdienstes verfaßt. Ein junger Begabter habe die Musik dazu komponiert, eine Art religiösen Jazz. Zu Text und Musik geselle sich der Tanz. Man könne auch tanzend beten, darum habe Tanz als ein den ganzen Menschen ergreifender Ausdruck in der Kirche ebensogut seinen Ort.

Nach dieser Einführung liest sie uns Stellen aus dem sakralen Spiel vor. Sie handeln von der verschiedenartigen menschlichen Hingabe an Gott: vom Gottesdienst draußen in der Welt, der kaum Zeit zur Meditation übriglasse. Den mönchischen Menschen läßt sie im Gegensatz dazu seine Rechtfertigung aussprechen: »Wir halten für euch in der Weltstille die unbegreifliche Größe und Ferne Gottes aus.«

Während sie liest, betrachte ich ihre das Blatt haltenden Madonnenhände, das zarte Gesicht, die Ruhe ihrer Gestalt, höre auf ihre Stimme voll natürlichen Wohllauts und bin mir bewußt, daß es *das* draußen unbeschädigt nicht geben kann. – Ich muß eingestehen, daß die ganze Dichtung, Glaube vorausgesetzt, fugenlos durchdacht ist. Die Sprache ist so schwebend gehalten, daß die Worte in hauchhafter Vergeistigung zwischen Himmel und Erde zu oszillieren scheinen. Unser Gespräch hätte damit zu Ende sein können, wenn nicht die Aufdringlichkeit des Verstandes sich nochmals recht scharf an sie gewendet hätte. Gerade, weil sie so sicher und stark erscheint, versucht rationale Überheblichkeit wie ein leibhaftiger Versucher immer wieder, sie auf ihre Glaubensfestigkeit zu prüfen. Eine letzte Frage brennt mir noch auf den Lippen: »Ist es nicht eine Ungerechtigkeit Gottes, daß er den einen die Gnade der Glaubensgewißheit gibt, während er sie den andern vorenthält?« Ich kenne ihre Antwort im voraus: »Er hat sie für jeden Suchenden bereit, wir wissen nicht wie, wann und wo.« Und dann benutzt sie auch das Theologenwort, das ein Fluchtwort sein könnte: »Wir kommen mit Menschenverstand nie an das Göttliche heran. Gott ist anders.« Nur, wie sie es sagt und beteuert, daß sie Gott spürt, aber auch immer wieder neu suchen müsse, da schämt man sich fast, ihr nicht zu glauben. Durch ihre Persönlichkeit hindurch wirkt beinahe etwas zum Wunder Zwingendes. Zudem entwaffnet sie den Intellekt durch ihren völligen Mangel an Überheblichkeit und das Zugeständnis, Unglaube und Zweifel seien im Göttlichen mit eingeschlossen.

Dann erzählt sie uns von der jungen Tänzerin und Emigrantin, die sich weigerte, Gott zu Ehren im geistlichen Spiel in der Kirche mitzutanzen.

»Ich kann nicht an Gott glauben, und wenn es ihn gäbe, so müßte ich ihn hassen!« Das Mädchen war durch die tiefsten Grausamkeiten des Lebens hindurchgegangen. Und was tut Silja Walter? – Sie läßt das Mädchen seinen Unglauben in der Kirche tanzen. Alles soll sie ausdrücken durch ihren Tanz: ihr ganzes Ärgernis über Gott, alle Zweifel, alle Erbitterung, alle Wut!

Wir fragen Silja Walter nicht, ob das Mädchen sich zum Glauben hin getanzt habe, die Frage hätte sie sicher befremdet.

Oft denke ich an den Besuch bei Silja Walter zurück, die »im Kloster die Ferne Gottes für die andern tragen muß«, jenes Gottes, von dem sie sagte: »Je größer er uns erscheint, desto ferner ist er.« Und doch ist mir die junge Silja Walter *»Mein kleiner weißer Hund und ich, wir gehn durch alle Türen, wir suchen dich, wir suchen mich, wir weinen und wir frieren …«* immer noch näher als die Verwandelte. Ihr Mut, sich in die Stille zu stürzen, ihre Sammlung in der alles umfassenden Einheit des Glaubens erscheinen mir als unfaßbare Wunder, fremd und fern. Aber auch wie ein Abglanz aus einer Sphäre, von der ich wünschte, daß es sie gäbe.

Alle Liebe geht über etwas...

Mein Sohn bringt mir seine kleine Tochter. Ich liebe die Lichtgestalt mit der naturhaften Zärtlichkeit einer Großmutter. Die alternden Sinne fühlen sich von dem süßen, kaum dreijährigen Knospenwesen belebt. Augen, Ohren, Getast, Geruch empfinden Lust. Ich glaube aber auch, das Kind »von Herzen« zu lieben. Nur fällt es mir schwer, dieses »von Herzen« genau festzulegen, es von den Sinnesempfindungen zu trennen.

Ich stelle mir zum Beispiel vor, wie schmerzlich ich vor Liebe leiden würde, wenn das Kind durch eine Krankheit plötzlich in seiner Entwicklung behindert oder durch grausamen Zufall entstellt oder verkrüppelt wäre. Dann müßte die Sinnenliebe zurücktreten vor einem leidenschaftlichen Mitleid. Diese Mutterliebe gibt es, und schon oft hat sie den Lebensrest einer Frau bestimmt.

Glücklicherweise wächst, gedeiht mein Enkelkind ganz normal. Ich darf es mit frohen Sinnen lieben.

Heute war es recht anstrengend, die vielfältigen Bedürfnisse der Kleinen zu befriedigen. Ich habe es nach sinnvollem Maß getan, habe mit ihr gespielt, Bilderbücher betrachtet, Geschichten erzählt. Und wenn sie um Süßigkeiten bettelte, habe ich nach Billigkeit nachgegeben.

Abends holt mein Sohn sie heim. Er bringt ihren um fünf Jahre älteren Bruder mit, der sich der Großmutter bereits etwas zu entfremden beginnt. Doch heute zeigt er sich wieder von der alten Zutraulichkeit. Er sitzt vor einem großen Teller Erdbeeren und bekommt dazu sein Lieblingsgebäck, das ich stets in Vorrat habe. Das veranlaßt mich zu der humorigen Bemerkung: »Ich glaube, ihre Liebe zur mir geht tatsächlich nur noch über den Magen.«

»Alle Liebe geht über etwas«, antwortet mein Sohn.

Das ist ein Stichwort. »Liebe« ist der Begriff, mit dem ich in meinem ganzen Leben nicht fertig geworden bin.

»Glaubst du wirklich?« frage ich mit nachlassendem Humor.

»Immer liebt man jemanden wegen irgend etwas«, sagt er mit Nachdruck.

Immer? Das ist es, was ich nicht für wahr halten möchte, obwohl es wahrscheinlich doch wahr ist. Dieser Schatten auf den schönsten Lichtungen des Menschlichen! Diese fortwährenden Verödungen, die der Intellekt produziert!

»Wie traurig!« entwischt es mir.

»Nein, ich glaube, das ist in Ordnung so«, sagt er.

Das rüttelt an mir. So wäre mein innerster Vorbehalt nur einem Wunschdenken entsprungen. Ich zwinge mich, gedanklich ganz eng der Wahrheit entlang zu gehen, schleiche mich an das Subtilste des Begriffs heran, bis er ganz durchsichtig wird, packe ihn schließlich wie ein Insekt im Flug, nehme ihn gleichsam unter die Lupe. Und da habe ich es auch schon unwidersprüchlich herausseziert: Sie geht tatsächlich immer über etwas. Nun fragt sich nur, was dieses Etwas sei. Es kann in raffiniert verborgenen, in unglaublichen Dingen bestehen. In solchen, über die man sich kaum befragen darf. Da ist der Magen meiner Enkel noch etwas sehr Harmloses dagegen, etwas Natürliches.

Ich bin also so weit, meinem Sohn zuzustimmen: Sie geht immer über etwas. Aber er hat auch noch gesagt: »Es ist in Ordnung so.«

In welcher Ordnung? Und warum in Ordnung? Auch in Ordnung für das Heer von Menschen, die nichts mehr haben, worüber Liebe den Weg fände? Nichts für den Magen – nichts für die Sinne – nichts für des andern Eitelkeit und Erhöhung?

Da fällt mir das Mitleid ein. Ich habe es allerdings noch nicht bis auf den Grund geprüft. Aber gewiß ist es nicht die Art Liebe, mit der man gerne bedacht wird. Höchstens mit ihren Auswirkungen. Mitleid kann unangenehme Empfindungen zur Folge haben für den, der es empfangen muß. Wenn jemandes Liebe über den Magen geht, so hast du immerhin etwas zu geben dafür – eben dem Magen. Aber was hast du für Mitleid zu geben, für bloßes Mitleid? – Dankbarkeit! – Aber ist Dankbarkeit nicht mit allerlei Unreinheiten behaftet, die sich recht tückisch auswirken können?

Wie ich auch suche, nach der reinsten, der vornehmsten Art Liebe unter den Tausenden von Spielarten, keiner kann ich ganz froh werden. Und ich muß mich hüten, nicht der Traurigkeit zu verfallen. Ich möchte wie mein Sohn sagen können: »Es ist in Ordnung so!«

Kleine Reise

Endlich habe ich mich zu der lange geplanten kleinen Reise aufgerafft. Das Ablösen von Zuhause, vom Gewohnten, Geregelten und von weiß ich was allem fällt mir zunehmend schwerer. Die Abenteuerlust, die Sehnsucht nach Ferne kenne ich zwar immer noch, nur erschöpft sie sich jetzt leicht schon im Planen. Sobald sie Wirklichkeit werden soll, scheue ich zurück. Ist das ein Altersverhalten? Oder meldet sich hier ein Kindheitserlebnis? Ich sehe im Erinnern zu, wie meine Mutter die Koffer packt, nicht nur für sich und mich, sondern auch für den gelähmten Großvater. Es ist heißes Juliwetter. Plötzlich bricht sie vor Erschöpfung in Tränen aus und ruft: »Ich hasse die Kur!« Aber die Kur muß sein, der gebrechliche Großvater hat sie dringend nötig. Seine Tochter jedoch ist jung, sieht sich endlos scheinende Wochen mühsam, den behinderten Mann am Arm, die ewig gleichen Wege dahintrotten. Zudem ist da noch das Kind, das betreut werden muß. Dem Kind ist alles selbstverständlich: der lahme Großvater ebenso wie das Freiheitsopfer der Mutter. Es bekommt wenig zu spüren bis zum Augenblick des Kofferpackens, als es den Ausbruch der Mutter, ihre Rebellion, miterlebt. Von ihrem Widerwillen gegen diese Vorbereitungsarbeit könnte sich vielleicht etwas übertragen haben.

Doch es sind auch andere Gründe möglich. Aufbruch, Fortgehen, Kofferpacken, Zurücklassen des Gewohnten – alles Symbole des Abschieds, die mich zögern lassen. Doch ich will diesem Trieb nicht nachgeben. Ich will nicht loslösekrank sein, sondern mich dem Prinzip der Veränderung willig unterwerfen. Darum übe ich mich immer wieder im Fortgehen und Abreisen und im Verändern des Standorts. Bin ich erst einmal unterwegs, ist die Hemmung sowieso überwunden.

So bin ich also wiederum der Einladung meiner Verwandten gefolgt. Im Zug fange ich an, mich zu freuen. Ich erwarte Entspannung, spüre die Höhenluft voraus, sehe mich schon durch die altbekannten Wälder streifen. Wann aber deckt sich Wirklichkeit mit Erwartung? Ich dürfte es allmählich gelernt haben, wie selten. Und so soll mir auch diesmal das Erhoffte zur Belastungsprobe werden. Was meiner wartet, ist Konfrontation mit dem Alter in neuer Gestalt als der gewohnten an mir selbst. Ich begegne ihm von außen und in einem Ausmaß, das nicht leicht zu verarbeiten ist.

Es beginnt sachte in der Bergbahn. Wer fährt Anfang Juni schon in die Berge? Doch meistens betagte Leute, Frauen vor allem. Es fällt mir auf, wie viele in ihren Bewegungen behindert sind. Mein Abteil ist in der Überzahl von Fremden besetzt. An den Haltestellen der Dörfer steigen ein paar Einheimische zu, fahren eine, zwei Stationen weiter. Es sind wiederum Frauen oder pensionierte Paare, die sich für den Lebensabend hier angesiedelt haben, wie ich aus dem Wortwechsel entnehme. Eine sympathische Schwerhörige hat sich mir gegenüber gesetzt. Sie beginnt ein mühsames Gespräch mit einer dürren Alten, die ihre Krücken ungeschickt plaziert. An einer bestimmten Stelle hält der Zug eigens für sie an, der Kondukteur kommt gelaufen und ist ihr beim Aussteigen behilflich.

Mitten in dieser Altersanhäufung sitzt eifrig strickend ein junges Wesen mit strotzender Büste, geschwellt im Bewußtsein seiner Gesundheit und Jugend. Mit wichtiger, allwissender Miene belehrt sie zwei deutsche Damen in ungeniertem Schweizerdeutsch. Sie ist gut beschlagen in der Geographie der Gegend und in der Lebensweise der bäuerlichen Bevölkerung. Sie könnte so etwas wie Sozialhelferin sein.

Ich bin am Ziel. Wieder atme ich die dünne Luft, in der die Farben satter sind als anderswo. Mein Blick fällt auf den glitzernden See, dahinter die Wand der Bergtannen, dazwischen braune Chalets mit roten und blauen Läden. Wiederum aber ein Zuwachs an Betonklötzen, seit ich das letzte Mal hier war. Ihr Marktanspruch schmerzt.

Ich wohne in einem solchen bei meiner Verwandten bequem und luxuriös. Die Achtzigjährige empfängt mich aufrecht und elegant in gedämpftem Weiß. Auch ihr Haar ist weiß, silbern getönt. Sie freut sich, daß ich da bin, und küßt mich auf beide Wangen.

Später sitze ich ihr am Blumenfenster gegenüber. Während ich Tee trinke, muß sie ständig das Telefon abnehmen, Freunden Auskunft über ihr Ergehen geben. Zwischenhinein macht sie Bestellungen. Ganz vornehme Dame, verkörpert sie einen Stil, der jetzt allenthalben am Aussterben ist.

Ich habe ihr ein Buch mitgebracht und damit ihren Geschmack getroffen. Memoiren einer einst verführerischen Frau aus dem Gesellschaftsmilieu, dessen Angehörigen meine Verwandte durch mehr als ein halbes Jahrhundert in ihrem Hotel gepflegte Gastlichkeit bot. Sie war selbst eine von ihnen, eine Kennerin des Teuren und Erlesenen. Oh, ich erinnere mich genau an ihre Schönheit und an ihre Sicherheit im Umgang mit den Fremden. Jetzt ist sie eine alte Frau. Ihre Gesichtshaut ist faltig und gefleckt, nur die Silhouette hat sich bewahrt. Immer noch fahren meine Augen mit Genuß dieser edlen, unvergleichlich zarten Nasenbiegung entlang. Wimperntusche hat sie immer noch keine nötig. Die Lippen allerdings sind bläulich, und wenn sie die Treppe steigt, atmet sie schwer.

Zum Gespräch ist sie noch sehr aufgelegt. Offen und ausgiebig breitet sie ihre Probleme aus. Es sind in Variationen dieselben geblieben wie vor Zeiten: der Geschäftslauf im Hotel, die Gesundheit, die Kinder und ihre Schicksale. Was ich durch Briefe nur vage vernommen habe, erzählt sie jetzt ausführlich. Im von äußerer Wohlfahrt geprägten Familienbetrieb gibt es Ungutes. Unter dem Wohlstand wuchert Unzufriedenheit. Frauen vertragen sich schlecht, ringen um die Herrschaft im zugeteilten Bereich. Nicht minder, etwas heimlicher, die Männer. Machtansprüche, schwelende Feindseligkeiten hier wie überall. Sie verderben die Stimmung und trüben den Lebensabend der Eltern, münden schließlich in tragisches Geschehen. Eine der jungen Frauen, aus fremder Ferne hierher verpflanzt, konnte nicht Wurzeln fassen im beengenden Gebirge. Sie verdrängte mit Drogen Heimweh, Unbefriedigung, vielleicht auch unerfüllten Geltungsdrang. Was weiß man Genaues von einer Menschenseele, die ihr Schicksal nicht bewältigt? – Eines Abends, kurz nach einer Entziehungskur, griff sie unter einer Depression erneut zu den gefährlichen Friedensbringern. Man fand sie tot. – Nun liegt der Schatten jener Frau auf dem Haus. Der Gatte beschuldigt alle andern, zum Drama beigetragen zu haben, spricht es in der Verzweiflung auch aus.

Gräßliche Verkettung: Ein Mensch, nicht angenommen in seinem Anspruch auf Liebe und Geltung, kann seinerseits die andern in ihrem gleichen Anspruch nicht annehmen. Der Gatte, in unterschwelligem Schuldgefühl, daß er sie nicht halten konnte, überträgt sein Versagen auf die Nächsten, begreift nicht, daß er und sie wie wir alle immer Versager sein müssen. Er gibt seine Anklage weiter an die verbliebenen Kinder. Harm pflanzt sich fort, schwelt, läßt Verstehen und Liebe nicht aufkommen. Darunter hat die Achtzigjährige zu leiden. Es erscheint mir fast zu schwer für sie.

Ich besuche in der Gegend andere Leute meiner Generation. Manche habe ich Jahrzehnte nicht mehr gesehen. Hat man sie noch in ihrer vollen Lebenskraft in Erinnerung, kommt ihr jetziger Zerfall oft einem Schock gleich. Viele sind allerdings rüstig geblieben, besonders, wenn sie der widerstandsfähigen Walserrasse angehören. Harte Lebensbedingungen der früheren Jahrhunderte haben unter diesem Volksteil wohl eine Auswahl der Kräftigsten getroffen. So ist ein gesundes hohes Alter hier keine Seltenheit.

Eines Tages halte ich bei einem betagten Paar Einkehr. Beide sind leidlich gesund und noch leistungsfähig. Es verwundert mich nur, wie die Ehefrau ihren Gatten mit Fürsorglichkeit plagt. Warum soll der Achtzigjährige nicht fischen und jagen gehen, wenn es ihm doch so große Freude macht? Sie fürchtet Erkältung und die Wiederholung eines leichten Herzinfarkts, den er vor Jahren erlitten hat. Die Folge ihrer Fürsorge ist ein ständiges Geplänkel zwischen Mann und Frau, ein eigensinniges Beharren auf seiner Freiheit. Es endet damit, daß er seinen Willen durchsetzt und sie in Angst und Bangen zurückläßt.

Was ist besser, frage ich mich, an einer Herzkrise sterben oder ein freud- und tatenloses Leben in die Länge ziehen? Wieder einmal lege ich den Begriff »Liebe« auf die Waage. Ihre Skala zeigt mir an, daß der Tod nicht das Schlimmste sein dürfte für einen Menschen, den man liebt. Fades, graues Leben ist viel schlimmer, und Entmündigung das Allerschlimmste.

Ich sehe mit Betrübnis, wie Zwang und Wehr, auch wachsender Eigensinn alte Gefährten voneinander isolieren. Oft kommt noch die Schwerhörigkeit hinzu. Wie grausam, wenn die Menschen schweigsam werden müssen, weil sie sich nicht mehr mitteilen können. Nicht mehr verstanden werden, der Sprache verlustig gehen!

Eine geistig lebhafte alte Dame klagt mir, wie sie um das Wort der anderen kämpfen muß. Niemand macht sich die Mühe, deutlich zu sprechen. Sie ist groß und hager und hat bereits eine schiefe Haltung von Hals und Kopf angenommen, weil sie ständig das eine, noch bessere Ohr hinneigen muß. Der Apparat ist ihr nur bei Zwiegesprächen nützlich. In Gesellschaft sei es damit eine Qual. Die Überlautstärke der Geräusche wirke sich als tückische Störung aus. Sie habe sich aufs Ablesen einüben müssen.

Ich muß sehr dankbar sein, daß mein Gehör noch gut genug ist. Ich hatte eine Großtante, die fast als taub galt. Wenn sie auf Besuch kam, trug sie ein trompetenartiges messingenes Hörrohr mit sich, steckte es ins Ohr und hielt einem das andere Ende des Blechhorns entgegen. Einige Leute lächelten über das Instrument. Ich fand nichts zum Lachen daran, aber ich staunte die Großtante beklommen an, als wäre sie eine Mißgeburt. Ich habe erlebt, daß manche der damals Lachenden später dem Übel auch nicht entgingen. Sie behalfen sich mit einem elektrischen Apparat oder einer Hörbrille; sie trugen sie jedoch nicht mit demselben Gleichmut wie meine tapfere Großtante ihr Hörhorn.

So schön die Gegend ist, ich möchte hier nicht leben. Es ist ein Fremdenort, wo die Einwohner keine anderen Ziele und Bemühungen kennen als das Geschäft mit den Fremden. Was sie auch zur Erhaltung und Verschönerung der Landschaft tun – es geschieht im Namen des Geschäfts. Jung und Alt führt dieses Wort im Mund. Das Wort Geschäft kommt von schaffen, und schaffen bedeutet, die Dinge durch Arbeit zum Bessern verändern, sie den Menschen bekömmlicher machen. Alle Leute tun dies hier, aber sie vergessen anderes, Wichtiges, dabei. Das Fräulein Doktor vermietet nebenbei Apartmentwohnungen, die Witwe kauft Häuser auf, tauscht eins gegen das andere zu ihrem Vorteil; die Besitzer der Chalets und Eigentumswohnungen, die Geschäftsinhaber, die Hoteliers, sie alle investieren ihre Kraft, vielleicht gar ihre Seele, ins Geschäft. Die Fremdarbeiter, die hier gut bezahlt werden, wissen nichts mehr von der Wohltat der Arbeit an sich, sie leisten nicht mehr als das strikt Vorgeschriebene, sie denken nur daran, ihr »Geschäft« zu machen. »Denari, soldi, mancia«* hört man sie im Vorbeigehen sagen. Erst wenn sie am Seerand mit den kindergestalthohen Schachfiguren spielen, vergessen sie es. Unter allen da oben kenne ich einen Mann in hohen Jahren, dem das Geschäft mehr ist als Hamstern, obwohl auch er das Schick-

* Geld, Geld, Trinkgeld

sal preist, daß es ihn zu Wohlstand geführt hat. Der sechsundachtzigjährige Konditor- und Bäckermeister macht sich immer noch im Betrieb nützlich. Er arbeitet mit Hingabe, fast mit Inbrunst. Jedes Brötchen, jede Torte bereitet er mit Sorgfalt zu. Er verwendet nur die besten Zutaten. Seine Arbeit ist seine Ehre, er will damit schenken, alle jene befriedigen und erfreuen, die ihm auch etwas dafür geben.

Auf einer Bank am See erzählt mir der Handwerker, wie er sich seinen Wohlstand erkämpft, ihn mit Fleiß und Redlichkeit, Klugheit und auch Glück erschaffen hat.

»Der Augenblick, wo ich so weit war, den Kaufvertrag meines Hauses zu unterzeichnen, das war der schönste meines Lebens. Denn da wußte ich, daß ich es schaffen würde, für mich und meine Familie über die Armut und Unselbständigkeit hinauszukommen.«

Das gesteht er mir und ist dabei schlicht und einfach geblieben, niemals ein Raffer geworden oder gar ein Übervorteiler. Allen gönnt er es, vom anspruchsvollen Kunden bis zum Angestellten. »Ich habe genug erreicht«, sagt er, »auch den Wohlstand meiner Kinder vorbereitet.« Und nachdenklich fügt er hinzu: »Ich hatte damit ihr Bestes im Sinn.«

Dieses Gespräch ist einer der zwei Lichtblicke meiner Kurzreise. Den anderen erlebe ich am Sonntagmorgen, als ich allein den Weg durch den

Bergwald hinaufsteige. Dort finde ich, was ich hier gesucht habe: ein Stück glückliche Vergangenheit. Der Harzduft hat sich mir bewahrt. Alles ist wieder da: die Bäche und Wasserfälle, die sumpfigen Stellen auf dem Weg. Nur trägt mich jetzt keiner darüber hin, damit mir die Schuhe trocken bleiben. Es ist anderes Wasser und doch dasselbe, worin meine Kinder sich einst kühlten.

Ich setze mich auf eine Bank mit Ausblick auf den See. Es könnte dieselbe sein, auf der wir zusammen Gespräche geführt haben. Auch über das, was ich jetzt nachträglich erfahre. Damals lag es in weiter Ferne. Er beschwichtigte meine leise Angst mit einem Lächeln: »Jetzt ist es noch lange nicht so weit. Laß uns leben und uns freuen.« Immer freute er sich am Leben, selbst im Ungemach, das uns wahrlich nicht erspart blieb, und in aller Unerbittlichkeit des Lebenskampfes, klagte er es nie an. So stark freute er sich am Dasein, daß etwas von dieser Kraft jetzt noch von ihm auf mich zu wirken scheint.

Trotz allem ist es jetzt so weit. Ich sitze allein hier. Bach, Wind, Zeit rauschen in meinen Ohren. Es rafft sich darin alles in eins: Vergangenes und Gegenwärtiges. Ich schwebe über der Zeit, habe alles ganz für mich: Berg, Wald, Sonne, Luft, Wasser und die Menschen meines Lebenssommers. Es ist, als ob sie und dies alles unvergänglich und zeitlos wäre.

Besuch im Altersheim

Auf der Heimreise muß ich nochmals durch den Anblick des Alters eine Erschütterung ausstehen. Ich habe in der Nacht die Wirkung des Höhenklimas gespürt und schlecht geschlafen. Am liebsten hätte ich die Fahrt zu einer Verwandten im Altersheim aufgegeben; denn sie bedingt einen komplizierten Abstecher, und der Fahrplan ist ungünstig. Außerdem ist es schwül. Allein, ich will Emilia nicht enttäuschen; es ist abgemacht, daß ich sie zum Mittagessen in die Stadt abhole, sie will mir nur vorher zeigen, wo sie jetzt lebt. Ich habe gerade drei Minuten Umsteigezeit. Es langt nicht einmal mehr, Köfferchen und Reisetasche am Schalter abzugeben. Am Ziel erwartet mich Emilia nicht wie vereinbart. Ihr Gedächtnis muß sie im Stich gelassen haben. Eine Frau weist mir den Weg zum Heim. Es ist einer dieser herzlos schönen Betonbauten, wie unsere Zeit sie in Massen aufstellt.

Durch geleckt saubere Korridore finde ich zu ihrem Zimmer. Es ist nicht abgeschlossen, auf ihrem Bett liegen Hut und Mantel bereit. Sie kann nicht weit sein. Ich suche im Garten nach ihr, der vor lauter Gepflegtheit vielmehr eine Anlage ist. Nirgends eine Emilia. Jemand vom Personal meint, sie könnte sich im Zimmer einer andern Heiminsassin aufhalten, mit der sie sich angefreundet hat. Dort finde ich sie auch. Als sie hört, daß ich sie seit einer halben Stunde suche, regt sie sich auf, denn nun ist der Mittagsbus bereits weg, der nächste fährt erst am Nachmittag. Sie beruhigt sich indes bald, läßt mich ihr Zimmer begutachten, worin sie sich zuhause fühle, wie sie sagt. Fernseher und Radio sind da, eine antike Kommode, das Couchbett, Lehnstühle. Das breite Fenster gibt Ausblick auf Rasen und Bäume und einen weiten Bogen hellen Himmels.

Emilia beschließt alsdann, daß ich mit ihr am Mittagstisch des Heims essen soll und wir später in die Stadt fahren werden. Etwas ängstlich drängt sie zum Essen, man dürfe die festgesetzte Zeit nicht versäumen. Da sitzen bereits vier oder fünf Personen am Tisch: eine Witwe, der ein dicker Kropf nichts von ihrer sympathischen Würde nehmen kann; ferner ein sehr altes, demütiges Frauchen in gebückter Haltung. Uns gegenüber ein robustes Ehepaar. Der primitive Mann führe gewöhnlich das große Wort bei Tisch, habe ich zum voraus von Emilia vernommen, auch spreche er mit vollem Mund, so daß er oft dessen Inhalt über die Tafel spucke. Heute schweigt er, scheinbar verdrossen, daß ein Gast am Tisch ist.

Nein, man könne die Leute nicht so setzen, wie sie zusammenpaßten, sagt Emilia, das würde als unsozial empfunden. Jeder Neuzuziehende bekomme den eben leer gewordenen Platz für allezeit. Wie früher in der Schule, denke ich. Die Lehrerin setzte mich neben ein stocklangweiliges Mädchen, weil ich lebhaft war. Das verleidete mir zeitweilig die Schule sehr. Vielleicht empfinde ich es deswegen so peinigend, wenn man seine Tischgenossen nicht wählen darf. Unfreiheit im Zeitalter des Freiheitsdenkens! Vielleicht ist diese Vergewaltigung für alte Leute noch schlimmer als die tägliche Großabfütterung.

Dieser werde ich nun auch teilhaftig. Zuerst wird eine recht schmackhafte Tomatensuppe aufgetischt. Sie läßt mich hoffen. Die darauf folgenden Hamburgers sind nicht übel im Geschmack, bloß lassen unzählige knöcherne Körnchen ahnen, was alles hineinverarbeitet worden ist. Die faden ledernen Teigwaren muß ich mit Most hinunterspülen.

Oh, ich weiß, daß es unmöglich ist, die Tafel der Alten mit Erlesenheiten anzureichern. Warum aber um Gottes willen nicht etwas mehr Qualität statt Quantität? Kleinere Portionen, dafür liebevoller zubereitete, wären den betagten Leuten sicher bekömmlicher. Die Armen, die sich an den Zwang des Gemeinschaftlichen gewöhnen müssen, von der Kost bis zur Zeiteinteilung, an Vorschriften und Beengungen allenthalben! Dieser Verdammung zur Unselbständigkeit würde ich den Tod bei weitem vorziehen. Indessen ist unsere Gesellschaft stolz darauf, ihren Alten so vieles bieten zu können, strafft sich das Kreuz, daß sie sich die Gewährung von etwas Hygiene und ein wenig lebloser Ruhe so viel kosten läßt. Und täte doch viel besser, die Menschen beizeiten... Aber wohin gerate ich mit meinen Gedanken! Drängen sie nicht selber hinzu in die von mir verleumdeten Altersunterkünfte? Sind sie nicht scheinbar ganz zufrieden? Während ich an den Nudeln würge, forsche ich heimlich in diesen von der Zeit abgegriffenen Zügen, versuche, darin zu lesen. Die meisten sind stumpf, es gibt nichts mehr darin zu erkennen als Resignation. Die Erwartung ist darin ausgelöscht. Das ist das Mörderische: auf nichts mehr hoffen können! Nur noch aufs Essen, aufs Schlafen, vielleicht auf einen Besuch, auf eine Sendung im Fernsehen, auf einen Ausflug. Viel zu wenig! Der Mensch muß auf etwas Erregendes, Stimulierendes warten können, wenn er nicht auf den Hund kommen soll. Jetzt weiß ich, was mich im Altersheim so schaudern macht: Sie warten auf das, was man vergessen können sollte – auf den Tod. Und das kann man nur, wenn etwas Wichtiges, etwas Bedeutendes ihm in den Weg kommt. Darum sollte das Leben dort aufhören dürfen, wo es nichts Bedeutendes mehr zu erwarten gibt.

Wieder zu Hause. Ich sage nicht: daheim. Daheim ist meinesgleichen nie mehr, wenn die fehlen, die »daheim« ausgemacht haben. Aber ich bin zu Hause im Vergleich zu dem, was ich dieser Tage zu sehen bekommen habe. Und »zu Hause« ist für mich so gut, wie es eben sein kann. Nach all dem Alter habe ich ein jähes Bedürfnis nach Jugend. Der Zufall kommt ihm entgegen. Ich werde eingeladen, die zur Zeit stattfindenden Examen angehender Turnlehrerinnen zu besuchen. Meine Freundin Dora begleitet mich.

Wir staunen zusammen über das Können der jungen Mädchen. Welche Körperbeherrschung und welche Beweglichkeit! Wie war das seinerzeit bei uns? Wie haben wir geturnt? Laß uns vergleichen! – Wir haben viel Langeweile in Erinnerung an Freiübungen, an Klettern und Hangen an Sprossenwand, an Hochklettern und Baumeln an Stangen, Schwingen an Ringen. Der Mangel an Begeisterung dafür mag an mir gelegen haben, weil ich zu töricht war, den Sinn der Übungen zu verstehen. Hat man ihn uns überhaupt erklärt? Dora weiß es auch nicht mehr. Was mich betrifft, schien mir mein Körper ohne diese Leistungen beweglich genug, ich sprang, lief, tanzte, schwamm, kletterte, rang. Im Turnunterricht brachten mich einzig die Ballwettspiele in Eifer. Vielleicht, weil ich dabei meine Aggressionen austoben konnte.

Heute fördert man ein bewußtes Körpergefühl. In unserem Turnen von damals war mir der Körper höchstens lästig, er unterzog sich dem Halbmilitärischen nicht gern. Jetzt lernen ihn die jungen Menschen als ein kostbares Instrument kennen, worauf man spielen kann. Sieh dir nur die tänzerischen Übungen an! Jede Examinandin hat in einer Art Kür eine Tanzübung zusammengestellt, zu einer selbstgewählten Musik. Jede der Darbietungen ist originell, läßt etwas von der jeweiligen Persönlichkeit erraten. Wie biegsam sind die jungen Gestalten! Wie gelöst und leicht spielen sich schwierige Bewegungsfolgen ab! Selbst füllige oder kurzbeinige Figuren werden schön in Rhythmus, Schwung und Fluß. Hingerissen von der jugendlichen Kraft und Wohlgestalt schauen wir fast zwei Stunden lang zu.

Auf dem Schulhausareal kommen wir anschließend am Kindergarten vorbei. Die Kleinen haben gerade Pause. Die Kindergärtnerin, die ich kenne, winkt mir zu. Ob wir bei ihr ein wenig hereinschauen möchten? Wie gerne! Es ist ein moderner, mit Liebe und – wie sie es nennen – antiautoritär geführter Kindergarten. Ein freiheitliches Kindermilieu also. Obschon die Kindergärtnerin etwas leicht Labiles, Nervöses an sich hat, hören wir kaum Lärm und auch kein Schimpfen. Die Kinder sind friedfertig beim Spiel oder ruhig vertieft in ihre Arbeit. Das Fräulein hat den Kindern von einer Thailand-Reise Kopfbedeckungen und Zierat mitgebracht, womit sich die thailändischen Tänzerinnen schmücken. Dazu die passende Musik auf Platten. Sie hat den Kindern die Grundschritte und Bewegungen zu den fremdartigen Klängen und Rhythmen gezeigt. Danach durften sie ihre Tänze selbst zusammenstellen. Die Mädchen und Buben führen sie uns mit Begeisterung vor. Flink bedienen sie den Plattenspieler, stecken sich aus Goldpapier gebastelte, verlängerte Fingernägel an, tragen sie wie zehn Zentimeter lange Fingerhüte über jeden einzelnen Finger gestülpt. Sie tanzen mit Hingabe, selbstvergessen, wie in Trance, bewegen sie sich auf thailändisch zur Musik, biegen eckig Arme, Hände und Knie, spreizen graziös die Finger. Wir können nicht genug bekommen, und die Kinder sind glücklich, Publikum zu haben, und wollen nicht aufhören. – Als wir uns endlich doch zum Gehen wenden, flehen sie: »Ach, hören Sie nur noch diese eine Platte – es ist meine Lieblingsmusik – und sehen Sie, wie wir sie tanzen!«

Wir tun ihnen den Gefallen und können uns nicht satt sehen an den tiefen Blicken des dunkeläugigen Mädchens, mit denen es seinen Gebärden einen großen Ernst verleiht. Im Gegensatz zu ihm der tapsige, aber ungenierte Charme des dicken, hellschopfigen Buben!

Es muß die Eltern glücklich machen, ihr Kind in einem solchen Kindergarten zu wissen, in dem es die Verbindung von Freiheit und Selbstdisziplin zu geben scheint. Die Kinder dürfen ihre Beschäftigung selbst wählen, dürfen tanzen, spielen, weben, malen, dürfen, dürfen! Heute malen die meisten draußen im Freien auf mächtige, am Boden ausgebreitete Bogen Papier. Einen blühenden Strauch sollen – nein, wollen – sie wiedergeben. Und wie es ihnen gelingt! Das schönste Gemälde bringt ein dürftiger Kleiner zustande. Wir bewundern es, und er schaut glücklich darauf nieder.

Was in uns vorgeht nach diesen zwei Besuchen? Es ist ein Frohgefühl in uns. Aber ich stelle mir auch die Frage: Wie wird diese in Freiheit geübte Jugend hineinwachsen in die unabdingbare Abhängigkeit? Bis in diese Altersunfreiheit, die ich gestern sah? Werden sie der immer wieder züngelnden Unfreiheit Meister werden? Oder werden sie das Wunder vollziehen und die Anlage der Welt verändern? Ein wenig wenigstens? Dann möchte ich dereinst in diese neue Welt zurückkehren!

Ein Kondolenzbrief

Ein tragischer Todesfall hat eine mit meiner Tochter befreundete Familie betroffen. Pascale ist, fünfundzwanzig Jahre alt, in den Dolomiten abgestürzt. Ich habe sie vor zehn Jahren kennengelernt, damals gab ich dem Mädchen ein wenig Nachhilfe im Französischen. Infolge des Domizilwechsels ihres Vaters war sie in eine Schule versetzt worden, wo diese Fremdsprache ein volles Jahr früher in den Unterricht eingebaut ist. Pascale war von so leichter Auffassung, daß sie innerhalb kurzem den Vorsprung aufholte. Von Zeit zu Zeit hörte ich von ihr, wie Glück und Erfolg sie auf allen Wegen begleiteten. Durch ihren Beruf kam sie in der ganzen Welt herum, sie war die Freude und der Stolz der Eltern und schloß früh eine Liebesehe. Nun läßt sie zerstörte Hoffnungen und Heimwehschmerz zurück. War es ein Ikarustrieb, der sie die gefährlichen Türme erproben ließ?

Wir leiden mit den Zurückgebliebenen, sind beklommen, erschüttert in der normalen Alltagsbefindlichkeit, brutal dem Unsicheren gegenübergestellt. Und ist man alt, lauert etwas wie Unbehagen, fast ein wenig schlechtes Gewissen, daß man selber noch da ist am Ende einer langen Wegstrecke und doch der Natur nach viel eher ausgeschieden sein dürfte als ein junger zukunftsträchtiger Lebenswanderer. Scheu lebt man im Augenblick weiter, duckt sich vor der Vision des unverständlichen Grabes.

Meine Tochter sitzt am Schreibtisch, ringt um Worte, die sie den Trauernden schreiben muß. Hoffentlich will sie das Geschehene nicht in einen Sinn zwängen! – Dann zeigt sie mir, was sie aufgesetzt hat, bemerkt dazu, sie sei angewidert von der Unzulänglichkeit des Ausgesagten. Ich überlese den Text, kann auch nur den Kopf schütteln. Sie reißt mir das Blatt fast zornig aus der Hand, setzt sich von neuem hin, kürzt das Zu-viel und doch Zu-wenig auf die Hälfte. Wieder reicht sie es mir, gequält: »Ich bringe es nicht fertig!« Als ob ich ihr helfen könnte! Den einzigen schwächlichen Trostgedanken, der mir zufließt, möchte ich nicht anbringen: Früher Tod aus der Lebensfülle heraus bewahrt vor Abstieg, Abbau, Rückgang, Altern. Er ist mir zu feige.

Nun gehen wir gemeinsam an das Schwierige. Wir streichen die Sätze bis auf einige Zeilen. Es ist immer noch zu viel und zu wenig zugleich. Wir streichen und streichen, bis ein paar kurze Worte ganz arm und gering auf dem Blatt stehen.

Geburtstag

Ich war kurze Zeit verreist. Bei meiner Heimkehr hat sich die Post im Briefkasten angesammelt, sogar das Milchfach ist vollgestopft. Dort finde ich einen Brief, worin eine Freundin mich zu einem Treffen bittet. »Da morgen ein Tag ist, den man nicht gerne hat«, heißt es da, »möchte ich zu Dir flüchten. Ich komme mit dem Zug um 12 Uhr 10 an und werde zehn Minuten später im ›Goldenen

Pfeil‹ sein. Wäre das schön, wenn ich Dich dort fände!«

Mit dem »Tag, den man nicht gerne hat«, meinte sie ihren Geburtstag. Der Termin aber ist verpaßt, der Brief liegt seit drei Tagen im Kasten. Ich verspüre trotz meiner Unschuld ein Schuldgefühl. Ich sehe meine Freundin einsam sitzen, mit ihren großen, grauen Augen durch die Vorhänge spähen, ob ich nicht komme. Ich fühle ihr nach, wie sie die Last des Tages in der Enttäuschung meines Ausbleibens doppelt empfand. Sie hoffte, bei mir an ihrem Geburtstag, der nur noch Mahndatum ist, Verständnis für ihre Stimmung zu finden.

Bald darauf habe auch ich meinen Fünfundsiebzigsten zu bestehen. Es ist zwar Sommer, kein undurchsichtig trüber Novembertag wie jener, an dem ich die Freundin im Stich ließ. Dennoch ballt es sich drückend in mir. Ich möchte die unbestimmten Gefühle auflösen, heraussondern, um damit besser fertig zu werden. Es gelingt mir nur halbwegs: Du hast also drei Vierteljahrhunderte hinter dir und lebst noch, was gar keine Selbstverständlichkeit ist. Viele nennen's ein Geschenk. Du dürftest es, da du leidlich gesund bist, so gesund, wie ein alter Mensch überhaupt sein kann. Du hast noch die Fähigkeit der freien Bewegung; deine Sinne tun noch ihren Dienst; du kannst noch klar denken, noch sprechen, lesen, schreiben. Das Gedächtnis hat dich noch nicht im Stich gelassen, noch kein Dämmerzustand. Was soll das Gefühl gestohlener Jahre? Wem gestohlen? Etwa den vielen Vorangegangenen? Hast du dich im Anstehen in der Reihe nach hinten gepirscht?

Mit solch ungemütlicher Gedankenlast torkle ich in meinen Fünfundsiebzigsten hinein, auf die abgesteckte Kurzstrecke zu. Wehleidigkeit will ich nicht aufkommen lassen. Dem äußeren Programm nach ist der Tag längst festgelegt. Die Kinder und nächsten Freunde wissen es: Ich fahre – es ist ein Sonntag – mit einem Kollegen zur Vorbereitung einer Schriftstellertagung ins Ausland. Aber schon der Vortag steht in geburtstäglichem Zeichen. Ich muß Anrufe durchstehen. Sie enthalten das, was man »gratulieren« nennt. Wunderschön gebüschelte Worte, Versuche, viel Herzlichkeit hineinzulegen. Eine Freundin, die das besonders gut versteht, unterbreche ich in einer bösen Anwandlung: »Mach's kurz!« Sie lacht verlegen. Sie müßte mich doch verstehen, sie ist gleichaltrig. Weit gefehlt! »Du wirst dich doch freuen über all die Zeichen…«, kommt es vorwurfsvoll. – Werde ich mich wirklich freuen? Was ist denn so viel zum Freuen da? An einer der letzten Haltestellen? Sie sollte lieber sagen: »Besteh sie tapfer!«

Ach, sie meinen es alle gut, die Gratulanten! Versuchen, jeder auf seine Art, auszudrücken, daß sie mitfühlend sind. Nur bereiten mir diese klischierten Glückwünsche so etwas wie Zahnweh. Besonders, wenn ich sie schwarz auf weiß bekomme. *»Wir gratulieren herzlich zum Geburtstag und wünschen für die Zukunft viel Glück und Gesundheit«* – *»Hab einen schönen Tag! Gute Wünsche und herzliche Liebe begleiten Dich«* – *»Nun ist auch Dein großer Tag herangerückt.«* (Was ist denn »groß« daran?) – *»Mit den herzlichsten Wünschen verbleibe ich Deine L, die Dich von Herzen lieb hat«* – *»Daß Du noch lange Gutes wirken kannst, wünscht Dir herzlich ...«* – *»Daß Deine Kraft und Deine Fähigkeiten erhalten bleiben mögen, darin glauben wir mit Deinen eigenen Erwartungen übereinzustimmen.«* Der hat's mir noch am besten getroffen. Aber die Wünsche geben mir doch das Gefühl, etwas Posthumes über mich zu lesen. Die Zusprüche, die sich in allen möglichen Variationen wiederholen, ich habe sie nicht vermeiden können, wenn ich auch meinen Geburtstag vorsichtig verschwieg. Sie haben ihre roten und schwarzen Notizbüchlein mit den Geburtstagstabellen. Und ich Undankbare empfange das alles eher verdrossen als freudig. Warum schreibt denn keiner: *»Ich nehme herzlichen Anteil an der bedenklichen Tatsache Deiner Jahrringe ...«*? Sie halten sich an ihre Riten, verstecken dahinter wohl auch Betroffenheit, Beklemmung, die jedem Nachdenklichen bei »hohen Geburtstagen« bewußt werden müssen. Ich möchte es ihnen nicht schwermachen und kann es dennoch nicht verhindern, an Hintergedanken zu würgen bei ihren liebevollen Mienen, Gesten, Worten, Küssen.

Meine Tochter hilft mir über das Schwierige hinweg. Sie überbrückt alles mit freundlicher Geschäftigkeit, umgeht das Verletzliche mit alltäglichem Gebaren, das mir wohl tut, und mit ihrem Geschenk hat sie einen jahrelang gehegten, geheimen Wunsch erraten.

Der Tag selbst, der »Fluchttag«, wird dann unerwartet reich. Vielleicht gerade dadurch, daß keiner der Menschen, die ihn mit mir teilen, eine Ahnung von meinem Jubiläum hat. Erst die Fahrt durch das grüne Land, das sich von der Bahn aus so jung und unverdorben zeigt. Dazu mein Reisegefährte, der keiner von denen ist, die mir mein Alter zu spüren geben. Er nimmt mich für voll, ich fühle mich alterslos vor ihm, unberechnet angenommen. Und doch ist unser Hauptthema »Zeit«, unsere Zeit. Jeder gibt dem andern freimütig preis, wie er sie erträgt, was er daran schätzt oder fürchtet. Wir gewähren uns Einblicke in Persönliches. Kein Vertuschen des Belastenden, wir bekennen uns die Schwierigkeit des Standhaltens. Er ist aber einer, der einem Mut machen kann, weil er die Menschen in ihrer oft so bitteren Unzulänglichkeit ins zwiespältige Leben einzuordnen versteht. Dabei ist gar keine Überheblichkeit an ihm, kein Besserseinwollen. Was kann einem zur Heilung des Geburtstagsschocks Geeigneteres geschenkt werden als die Begegnung mit einem offenen und tapferen Menschen?

In Bludenz erwarten uns die Kollegen von drüben. Auf der Fahrt durchs Große Walsertal sind die Straßen sonntagsstill. Fremdartige Ortsnamen begegnen uns. Unser Sprachgelehrter übersetzt die romanischen und erklärt die durch Betonungsverschiebung verdeutschten. Es hört sich bedenkenswert an, wie doch alles in ständigem Wandel begriffen ist. Die Sprache ist darin noch rascher als die Natur, die sich hier zeigt, als wäre sie sich seit Urzeiten gleichgeblieben.

Wir kommen an einem Ort vorbei, der Sonntag heißt, und uns wird noch sonntäglicher zumute. Bald erreichen wir unser Ziel, das Klösterchen. Es ist Probstei und Gasthof zugleich. Auch scheint die Zeit stillgestanden, wäre nicht die Turmuhr am leuchtend weißen Kirchlein ein dunkles, mahnendes Zeitauge.

Beim späten Frühstück gesellt sich der Pater Imker zu uns. Seine Bienenzucht bringt weit und breit den besten Honig hervor, weil die Bienen hier noch alles Bekömmliche finden. Plötzlich fällt mir mein Geburtstag ein, und ich kaufe mir ein Glas.

Im Anschluß daran machen wir uns an unsere Arbeit. Anfänglich etwas auseinanderklaffende Meinungen schließen sich zur Übereinstimmung. Diese Seltenheit ist zu schätzen. Beim Mittagessen dann wirft einer, da wir unter Schriftstellern sind, die Frage auf, was unsere Beiträge im heutigen Bewertungssystem der Literatur bedeuten. Haben wir geschmacksbildende Genies in unseren Reihen? Halten wir Stand vor den herrschenden Zeitansprüchen? Es kommt zu keiner Antwort, nur zur Feststellung des verwirrenden Spiels im Literaturbetrieb. Wir suchen den undurchschaubaren Gesetzen des Büchermarkts auf die Spur zu kommen, wir sprechen von der Macht der Werbung und von der Gier nach Verblüffung der Menschen und ihrer Empfänglichkeit dafür. Wer schreiben will, setzt sich dem Strudel aus, er muß es vor sich selbst verantworten. Die Standortbestimmung tut gut, ich lege sie auch auf meinen Gabentisch.

Am Ende der Tagung ein Gang durch den Friedhof. Wie es an solcher Stätte naheliegt, kommen wir auf die Lyrik zu sprechen. Von der Mauer aus überblicken wir das Waldtal. Ich frage meinen Begleiter: »Warum ist Lyrik stets so anklagend, so jammervoll? Heutzutage scheint sie die Tonart der Tapferkeit überhaupt nicht mehr zu kennen.«

Der österreichische Freund pflichtet mir bei: »Tapferkeit, das ist doch der letzte Rest an Würde, der an jedem Ende noch bleibt. Die Lyriker von heute kennen das Geheimnis, das sie zustande bringt, wohl nicht mehr, deshalb fehlen ihnen auch die Worte dafür.«

Wieder ein Geburtstagsgeschenk, das ich mitnehme: Ermahnung zur Tapferkeit. Ich weiß, wie sehr der Mann an meiner Seite sich darum bemüht.

Gegen Abend fahre ich mit meinen Schweizer Gefährten heim. Den Geburtstag habe ich inzwischen ganz vergessen. Erst daheim überfällt er mich wieder. Pakete, Blumen liegen vor der Haustür. Drinnen, auf der Truhe, unterhalb der Treppe steht ein großes Bild. Sie haben es mir in meiner Abwesenheit gebracht, damit es mich bei der Heimkehr empfange. Mein Sohn hat es zusammen mit Frau und Kindern gemalt, und jedes hat auf der großen Tafel sein eigenes Konterfei gezeichnet, so, wie es sich selbst sieht. Sogar Meite hat – wahrscheinlich unter Handführung – ein linkisches Selbstporträt versucht. Aus einem Oval in der Mitte blicke ich als Ahnin herunter. Auf hoffnungsvoll grünem Hintergrund hat mich mein Enkel Martin dargestellt. Der Mund ist ihm nicht geraten, er ist seltsam auf die Seite hin verzogen. Wollte die Hand des Knaben damit unbewußt etwas sagen? Gelang ihm mein Lächeln nicht recht? Oder ist für ihn an meinem Mund etwas Befremdendes? Mit meiner Sprache vielleicht? Ich habe ihm doch so viel erzählt! Habe ich Schiefes ausgesagt? Dafür sprechen die Augen hinter der breitgerandeten Brille still Gutes aus. Oben rechts auf der Tafel erkenne ich das genaue Abbild vom Haus meiner Sohnsfamilie, das Holzhaus in seiner ganzen Wohnlichkeit. Als Gegenstück in der Diagonale links unten mein eigenes. Jede Einzelheit ist festgehalten, fast photographisch. Ein Enkelkind steht auf der Treppe zum Eingang, will nach der Glocke greifen. Ich selbst schaue, bewillkommnend, zum Fenster meines Schlafzimmers heraus. Vom Zwetschgenbaum in der Gartenecke fallen übergroße Früchte. Martin sitzt hoch oben in den Zweigen, scheint sie zu schütteln. Vom Kamin steigt Rauch auf, macht das Haus belebt. Ist es mein Geist, der aufsteigt? Oben, wo die Rauchfahne am breitesten wird, ist sie durch eine Linie unterbrochen, so daß es aussieht, als stünde auf dem Haus eine Urne, ein Gefäß, das alles enthält, was hier geschehen ist.

So deute ich an dem Bild, und unter allen Geschenken ist es mir besonders lieb. Es hängt jetzt im Treppenhaus und jedesmal, wenn ich es sehe, fasse ich mich vor dem Kommenden, spüre ich Anregung, selbst weiter Leben anzuregen, von mir etwas auszuteilen, solange es geht.

Gewitter

Ein Gewitter ist im Anzug. Ich spüre Unruhe wie die Vögel draußen. Es grollt von weitem. Endlich fallen Tropfen. Talergroß zeichnen sie sich auf dem

Klinkerboden des Balkons ab, rauschen immer lauter durch die Blätter des Spaliers. Ich haste nach oben und unten, von Zimmer zu Zimmer, um alle Jalousien zu schließen. Wer es einmal erlebt hat, wie die Hagelkörner durchs offene Fenster prasselten, den halben Raum verheerend, der ist vorsichtig geworden. Nun bin ich gefangen in dumpfes Dunkel. Ich knipse Lampen an, lösche sie wieder aus, mache ein Fenster gegen Norden wieder frei, um nicht ganz abgeschlossen zu sein. Diese künstliche Nacht ist mir unerträglich bei der schweren Müdigkeit, die bei aufziehenden Gewittern immer auf mir lastet. Eine Schwere und Bangigkeit ist es, obwohl ich mich kein bißchen vor Gewittern fürchte. Vielleicht kommt sie daher, daß ich so allein im Haus bin.

Ich könnte mich ablenken, lesen, bei der hellen Stehlampe, deren Licht ich gern habe. Aber nein, ich kann es nicht. Die Augen sind mir wie zugeklebt, die Lider träge; ein innerer Druck will die Augäpfel fast aus den Höhlen stoßen. Nein, an Lesen ist nicht zu denken. Was dann? Musik? Aus dem Radio? Das übliche Rhythmusgepeitsche, wofür ich sowieso nichts übrig habe? Mich einfach hinlegen? Aber da wird die Unruhe noch schlimmer. Ich muß etwas tun, etwas Sinnvolles, etwas, womit ich die aufgezwungene Tatenlosigkeit bei künstlichem Licht überwinden kann.

Ich tappe ungewiß durchs Haus, gelange in die

Küche. Ich ziehe eine Schublade auf. Sie ist ungeordnet. Ordnen – das könnte es jetzt sein! Ordnen ist immer gut, wenn es in einem drinnen durcheinander ist. Ich zerre das alte Heft mit meinen handschriftlichen Rezepteintragungen heraus. Der Einband ist schmutzig vom vielen Gebrauch. Den will ich erneuern. Das Heft ist ein Relikt aus frühesten Ehetagen. Alles, was meiner Familie und mir schmeckte, ist hier eingetragen. Beim Blättern stoße ich auf eine dick unterstrichene Überschrift: »Die besten Schokoladenherzchen, die ihr immer so gern hattet«. Ich muß lächeln über meine Einfalt und denke zugleich: Das werden sie einmal finden! Sie werden das Heft doch hoffentlich nicht zum Altpapier geben! Sie wissen doch, daß es Anleitungen für von Kindheit an gewohntes Leckeres enthält! Im Augenblick erhellen sie mir die Gewitterdüsternis wie freundliches Licht. Schon schlage ich Eier in die Zucker-Buttermasse, mixe und rühre das sämige Weißgelb, während es in mir ebenfalls mixt und wirbelt. Von Erinnerungen. Wie war es denn früher bei Gewittern? In der Kindheit? Die sanfte Großmama, die ich so liebte, pflegte, wenn der Donner hallte, zu sagen: »Los, de Liebgott esch höhn!« (Hörst du, der liebe Gott ist zornig!) »Über die Menschen«, erläuterte sie auf meine Frage. Glaubte ich ihr? Hat die Gute damit ein wenig Mißtrauen in mich gesät? – Später, als ich schon zur Schule ging, wuchs die Furcht vor Gewittern. Man versuchte, mich zu beruhigen, erklärte mir den Vorgang elektrischer Entladung in den Wolken. Aber die sachliche Erklärung vermochte damals meine Angst nicht zu tilgen; sie wollte da sein in meinem Kindesinnern, ich brauchte sie, und wenn es nur war, um mich an jemand vertrauend anlehnen zu dürfen. Wie herrlich waren die Nächte im Berghotel, wenn es krachte und bebte und das aus Schindeln gefügte Bauwerk zu bersten drohte! Meine Mutter zog die Ringe vom Finger, weil sie den Blitz hätten anziehen können; sie ging ins Zimmer des gelähmten Vaters, um ihn anzukleiden. Für alle Fälle! Sie wußte nicht, wohin sich schützend wenden, zu ihm oder zu mir, dem zitternden Kind. Da standen die Gäste mitten in der Nacht in den Gängen herum und unten in der Halle, fluchtbereit, falls der Blitz einschlüge. Alle taten sie mutig und lächelten mir zu, und ich war bei aller Furchtsamkeit so glücklich!

Später, in der gefährdeteren Jugendzeit, war es vorbei mit der Angst vor Gewittern. Das ungestüme Toben war mir Wohltat. Vielleicht empfand ich es als Ausdruck eigener innerer Eruptionen, die sich nicht entladen durften. – Und wieder später das überlegene Gefühl vor gewaltigen atmosphärischen Ausbrüchen. Da war ich Mutter und sang und war lustig mit den Kindern, um sie vor der Angst zu schützen.

Sie ist mir seither nie wiedergekehrt, die Gewitterangst. Oder sitzt sie unerkannt in dieser lähmenden Müdigkeit vor dem Ausbruch? Aber dann, wenn es losgeht, bin ich befreit, dann schwindet die Schwere aus Kopf und Gliedern, die Donnerschläge tun mir wohl, der prasselnde Regen schwemmt alles fort, mir wird leicht. So auch jetzt. Unbekümmert, leichtsinnig, hantiere ich mit dem elektrischen Mixer. Ich stelle mir vor, wie so ein Blitzschlag wirken würde, wie wunderbar er wäre, der Sekundentod.

Heimweh

Heimwehkrankheit! Soll ich sagen: Weh denen, die sie kennen, oder weh denen, die sie nicht kennen? Ich weiß wenig Menschen, die nie Heimweh erlebt haben. Vielleicht erinnern sich manche auch nicht mehr daran. Kürzlich schrieb mir eine sehr alte Frau, die alle verloren hat, die ihr lieb waren: »Die Zeit vergeht schnell, obwohl ich unter stetem Heimweh leide.« Ihr Heimweh ist natürlich. Doch von meinem Enkel Gianni, der mit seinen knapp zwölf Jahren sehr selbständig ist, hätte ich nicht gedacht, daß er so unbarmherzig von der Heimwehkrankheit gepackt würde. Ausgerechnet er, der an

Sonntagen so gern allein zu Hause bleibt, »um einmal für sich zu sein«! wie er sich ausdrückt.

Zehn Tage lang bekamen wir von ihm kein Lebenszeichen aus dem Ferienlager – weder Brief noch Karte –, was uns hoffen ließ, der Aufenthalt gefalle ihm so gut, daß er keine Zeit zum Schreiben finde. (Seine spätere Begründung für die Unterlassung: »Ich *konnte* nicht schreiben. Sobald ich es versuchte, mußte ich weinen. Und ich wollte nicht, daß man mich weinen sah.«)

Eigentlich verstanden wir ihn recht gut, obwohl wir ihn von einer neuen Seite kennenlernen mußten. Ich konnte es ihm besonders nachfühlen, denn im selben Alter wie er hatte ich ein ähnliches schweres Heimweherlebnis durchstehen müssen. Ich war bei einer Tante, der Besitzerin eines renommierten Landgasthofs, in den Ferien. Schattiger Garten mit Beerensträuchern dahinter, Schaukel, eine Kegelbahn, jeden Tag Forelle blau, Vettern und Basen, die mich zärtlich umschmeichelten. Am dritten oder vierten Tag berichtete ich von meinem heimlichen Leiden nach Hause. Ich schrieb, über die schwarzgeäderte Marmorplatte der Waschkommode gebeugt, auf hellgrünes Schreibpapier, umrankt von Blumengirlanden. Kusins und Kusinchen schauten mir über die Schulter, wollten wissen, was ich denn schreibe, merkten nicht, wie mir hinter dem Vorhang der Schnittlauchsträhnen die Tränen über die Finger tropften.

Am nächsten Tag aß ich die letzte blaue Forelle in der Gaststube. Der Brief hatte sein Ziel erreicht. Gerade, als meine Tante und Pflegemutter sich mit einer Freundin zu einem Schiffsausflug begeben wollte, nahm sie die Post aus dem Kasten. Ihre Freundin, eine als streng bekannte Handarbeitslehrerin an der Höheren Töchterschule, entschied rasch: »Wir holen das Kind! Gleich jetzt!« Statt des Dampfschiffs bestiegen die Damen die Bahn. Heute noch, da diese Lehrerin schon lange ruht, danke ich ihr für ihren Ansporn zur Erlösung.

Vom Abstecher zurück zu meinem Enkel. Nach zehn Tagen kamen plötzlich Nachrichten von ihm, zu den Eltern, zu den Großeltern. Alle desselben Inhalts: »Holt mich heim! Es ist mir so langweilig, ich halte es nicht mehr aus!« Anschließend ein erläuterndes Telefongeständnis: es sei Heimweh. Der Koffer sei überhaupt nie ausgepackt worden, er habe sich nur aus dem Rucksack mit dem Nötigsten, wie Zahnbürste, Wäsche, versorgt. – Darauf Familienrat. Die Mutter meint, er solle die letzte Woche von den dreien noch ausharren; man werde ihn, wie versprochen, am nächsten Sonntag besuchen und dann weitersehen. Der Vater sagt: »Ich bin fürs Heimholen.«

Päcklein reisen vorerst von allen Seiten ins Tessin, falsche, vergebliche Tröster. Ich lege dem meinen noch einen ganz unpädagogischen Brief bei: »Bleib am Sonntag stur, mein lieber Bub, wenn sie

Dich zum Bleiben überreden wollen! Wenn Du älter bist, verwächst Du das Heimweh von selbst. Jetzt hast Du genug davon geprobt, Dich zwei Wochen lang wacker gehalten.« – Und der Bub blieb stur, empfing die Eltern aufbruchbereit. Langeweile? – Nein, das war es sicher nicht gewesen. Die Lagerleiter legen den Eltern den Vergnügungsplan vor: Ausflüge, Spiele, sportliche Veranstaltungen, Wettbewerbe. Beim Schachturnier habe er kurz vor seinem Sieg aufgegeben: »Macht allein weiter, ich mag nicht mehr!« Wenn einer schachmatt ist vor Heimweh! Auf die Aufmunterung der Lehrer immer dieses hartnäckige: »Es ist mir langweilig!« Wenn auch falsch ausgedrückt, war es doch richtig: Die Weile war ihm zu lang, schmerzlich lang. »Langi Zyt« sagen wir in der Mundart für Heimweh. Dem Knaben war das Wort »Langeweile« weniger kompromittierend als »Heimweh«.

Sie haben ihn also erlöst. Auf der Heimfahrt habe er zuerst losgeweint, lange. Man habe ihn still gewähren lassen. Und dann war alles gut, die Knabenfröhlichkeit nahm plötzlich wieder überhand, er sang, jauchzte auf dem ganzen Weg. Heimweh vergeht so rasch wie Seekrankheit, wenn man wieder auf festem Boden ist.

Gleich nach der Rückkehr rief er mich an: »Ich bin daheim!« Eine Erleichterung auch für mich, daß der Bub nicht mehr litt. Zugleich war mir aufs neue schwer. Wer hilft den Kindern, den vielen,

vielen, denen nicht geholfen werden kann? Deren Eltern sie an Liebe darben lassen oder die auf dem Schlachtfeld des Verkehrs ums Leben kommen? – Dann wieder eine andere Frage: Gehört etwa Heimweh zu den Initiationsriten an Kindern aufs Leben hin? Habe ich falsch gehandelt, als ich meinen Enkel zur Abwehr des Auferlegten ermutigte? – Nein und nochmals nein! Ein erinnertes Gegenbeispiel bestärkt mich, daß ich richtig tat. Eine Freundin mußte als junge Mutter ihr Söhnchen auf ärztlichen Rat ins Kinderheim geben. Einen sensiblen Knaben und für viele Monate! Jedesmal, wenn sie das Kind besuchte, habe es sie angefleht: »Nimm mich doch wieder heim!« – »Auf den Knien hat er gebettelt!« erzählte sie, »aber ich bin festgeblieben, so schwer es mir fiel.«

Die Frau galt als hart von Charakter, und es ist zu sagen, daß in diesem Fall die Härte nicht äußerste Notwendigkeit war, man hätte das Kind auch zu Hause gesund pflegen können. Nun aber die merkwürdige Tatsache, daß meine Freundin mir in Abständen immer und immer wieder schildert, wie das Kind sie auf den Knien angefleht hat. Durch alle Jahre hindurch erzählt sie es, als der Sohn schon längst erwachsen war, sogar noch kurz vor ihrem Tod. Sobald nur ein Faden im Gespräch hingeworfen wurde, woran sie die Episode knüpfen konnte, tauchte es auf, dieses scheußliche Bekenntnis: »Und ich bin hart geblieben! Es war zu seinem Besten.« Umsonst quälte sich ihr Unterbewußtsein, ihr damaliges Verhalten in Frage zu stellen. Sie hätte zugeben müssen, daß sie das Kind aus Bequemlichkeit entfernt hatte. Jedesmal, wenn sie wieder mit ihrem Rechtfertigungsversuch kam, fürchtete ich mich ein wenig vor ihr.

Gianni schrieb dem Lagerführer nachträglich einen Brief, worin er das Wort »Langeweile« zurücknahm und gestand, daß er damit einfach Heimweh gemeint hatte. Mit der sprachlichen Abklärung war auch der übrigen Klärung gedient.

Bald wird Gianni das Heimweh verlernt haben und dafür das Fernweh lernen. So ist es normal. Und sollte es ihm wiederkehren, wenn er so alt ist wie ich, wird er es zu ertragen wissen. Es ist fast selbstverständlich, daß man im Alter ein wenig Heimweh hat. Nur darf es kein Heimweh sein, das nicht weiß, wonach.

Das Alter – eine Sackgasse?

Ich habe in Max Frischs Tagebuch die Abschnitte über das Alter gelesen. Es weckte in mir Widerspruch. Zu solcher Haltung zum Alter kann ich nicht mit gesenktem Kopf »Ja« sagen. Ich bin dafür, in jeder schwierigen Lebenslage Auswege zu suchen. Selbst wenn es keine gäbe. Zugegeben – das Alter zeigt sich als Sackgasse. Aber jede Sackgasse hat irgendeinen Ausschlupf, ein heimliches Auswischpförtchen.

Ich habe das Tagebuch auf eine Tour über den »Pfannenstiel« mitgenommen. Ich wollte mit meiner Begleiterin, einer mit viel gesundem Menschenverstand begabten Freundin, darüber sprechen. Es war an einem jener Sommertage, die einfach glücklich machen, sei man alt oder jung. Bei jeder Rast las ich ihr eine Stelle aus den Alterskommentaren Frischs vor. Anna sagte zu allem: »Aber er hat ja recht! So ist es! Alles ist wahr!! Das Buch muß ich mir kaufen!«

Wir lächelten über seine Unverblümtheiten, grinsten über die schockierende Ironie, mit der er die Merkmale des Alterns aufdeckt. Die »Gezeichneten« nennt er die Alten. Also galt das auch uns, und wir lachten darüber, wie wir es von Jugend an gewohnt sind, zusammen zu lachen.

Allmählich werden wir ernster, nehmen jede Sentenz einzeln vor, auf einer Bank am Wiesenbord oder einem gefällten Baumstamm. Sie erscheinen uns nun doch als literarische Übertreibungen. Sie gehören zum Recht des Dichters. Da steht eine Stelle:

»Der ›Gezeichnete‹ erkennt sich daran, daß ihn

niemand beneidet... niemand möchte mit ihm tauschen.«

Frischs Behauptung wackelt für uns ein wenig. Wir wären mit ihm einig, wenn er geschrieben hätte: »Hohes Alter an und für sich erweckt keinen Neid.« Das wissen auch wir: Jeder ist gern noch jung. Aber dann fragen wir uns: »Möchten etwa wir im Ernst mit einem jungen Menschen tauschen? Unsere Identität gegen die seine hergeben? Die eine, einmalige Person aufgeben?«

Was das Beneiden anbelangt, können wir ihm schon eher zustimmen. Beneiden heißt nicht: tauschen wollen. Beneiden heißt bloß, Verlangen haben nach etwas einem andern Zugehörigem, Geschenktem. Aber kann man nicht trotz seines hohen Alters in diesem Sinn beneidet werden? Alte haben doch noch andere Eigenschaften als Kahlkopf und Arterienverkalkung; manches, das des Neides wert wäre. Mehr als einer gäbe sicher gerne ein paar seiner jungen Jährchen für den Ruhm des alternden Frisch her! Meine Freundin weiß nette Einzelheiten aufzuzählen, um die sie beneidet wird. Wir stellen fest: Nichts ist so erfinderisch wie der Neid. – Auch mir fällt ein, wie oft ich Ältere heftig beneidet habe. Ein neunzigjähriger väterlicher Freund besitzt neben einer erstaunlichen Geistespräsenz eine Weisheit, um die ich vieles gäbe. Diese Abgeklärtheit, mit der er die Ungereimtheiten des Lebens hinnimmt, und zugleich das Interesse, mit dem er der Beschaffenheit der Welt immer noch begegnet! Als mein Mann noch lebte, nahm ich oft teil an den Gesprächen zwischen den beiden. Ich war es, die sie immer wieder an das Problem der Gerechtigkeit heranführte. Mir zuliebe nahmen sie es auf. Nur ich erregte mich an seiner Unlösbarkeit. Und immer schmerzte es mich, wie sie so sachlich und ruhig die menschliche Situation ableuchteten, während mir Aufruhr den Kopf erhitzte. Ich beneidete die wesentlich älteren Männer um ihre Vitalität, die alle Spannungen des Denkens fast mit Heiterkeit ertrugen und beide doch tapfer und aktiv im Lebenskampf standen. Immer noch, dem Alter zum Trotz. Oft war ich nahe am Weinen. Sie lächelten gütig über mich, und ich sah sie an, als seien sie Geschöpfe eines anderen Planeten.

Bei diesen Erinnerungen erreichen Anna und ich das Wirtshaus auf der Höhe. Bei Kaffee und Kuchen erholen wir uns von den Frisch'schen Strapazen. Doch gleich danach gelüstet es mich erneut, den Band zu öffnen, um mich von einer neuen Stelle reizen zu lassen. Ich lese vor:

»Die sichtbare Veränderung, die am meisten irritiert: wo er, der Alternde hinkommt, durch Beruf oder der Geselligkeit halber, ist die Mehrzahl der Zeitgenossen jünger als er; nicht alle sind jünger als er, aber vor allem jene Zeitgenossen, die ihn interessieren.«

»Für mich ist das eine Halbwahrheit!« rufe ich

aus. »Wohl interessieren mich junge und jüngere Leute, doch weshalb sollten mich ältere nicht interessieren? Denkkräftige Köpfe frage ich nicht nach Alter und Zukunftsaussichten; eher noch schnellfertige junge Plauderer. Am liebsten ist mir das Gemisch von Jung und Alt, und es soll nur blitzen beim Klingenspiel!« – Oft rufe ich mir vor dem Einschlafen Gesprächspartner herbei. Der Phantasie sind glücklicherweise keine Grenzen gesetzt. Es sind erstaunlich viele von jenen darunter, die Frisch »die Gezeichneten« oder »Vorgezeichneten« nennt. Sie sind mindestens ebenso farbig für mich wie die noch von Zeichen Verschonten. Ich lasse den alten Toynbee antreten oder den alternden Jaspers oder unter den Lebenden die schon gar nicht mehr junge Madame Hersch. Und wenn es schon einmal Goethe ist, dann beileibe nicht der junge Werther-Goethe oder der Italienreisende in seiner Vollkraft. Nein, der »alte Mummelgreis in seinem Dunstkreis« muß es sein, der Faust-Goethe!

Senilität! Wem schwebt sie nicht als letztes Schrecknis vor? Zumal sie uns zu oft begegnet, seit man der Natur ein Jahrzehnt an Alter abgelistet hat! Frisch verbirgt die Angst davor hinter Sarkasmus. Ich will mich nicht damit quälen, bevor es, ganz zuletzt, mit mir auch so weit sein sollte. »Was alles kann vorher geschehen!« sagen wir alte Freundinnen zueinander, verschweigen uns, in welcher Gestalt sich dieses »alles« ereignen könnte. Nur eine Hoffnung lassen wir verlauten: »Vielleicht – wenn wir Glück haben – eines Abends vor dem TV ein Hinsinken – seliges Sichwegstehlen!«

»Sprechen wir jetzt nicht davon!« sagt Anna, »schau dich doch um, wie schön und jung ist die Welt!«

Unser Weg führt jetzt durch den Wald. Es ist recht einsam. Auch alte Frauen werden manchmal überfallen. Ich setze mich auf einen Baumstrunk und ziehe zum Erstaunen meiner Gefährtin Schuhe und Strümpfe aus. »Du willst doch nicht barfuß gehen?« – Statt eine Antwort zu geben, ziehe ich den Geldbeutel aus meiner Tasche und schiebe die große Note zwischen Strumpf und Fußsohle. »Den Rest lasse ich den Gangstern, zwanzig Franken mögen ihnen genügen.« So gesichert ziehe ich wiederum den Frisch aus der Tasche.

Vom Schwund der Neugierde als Alterszeichen ist jetzt die Rede. Wir prüfen uns daraufhin, wir, die wir ein gutes Stück älter sind als Herr Frisch. Fragen uns: »Stimmt das? Werden wir nicht im Gegenteil mit dem Alter immer neugieriger. Obwohl wir doch wissen sollten, daß das Leben seine bestimmten Tendenzen hat, aus ewigen Wiederholungen besteht! Wenn auch immer in anderer Form, in neuen Abwandlungen. Nein, ich darf schon sagen, ich bekomme nie genug vom Zusehen, wie sie sich abwickeln, wie die Menschen, gebunden in diese Gesetzlichkeit, sich immer wieder anders und doch gleich verhalten. Die Neugierde verläßt mich nie. Und bleibt nicht immer ein wenig Trauer in mir, daß ich als abgestorbene Seele nicht von Zeit zu Zeit einen Blick auf diese Welt werde zurückwerfen dürfen. Nur um rasch zu sehen, ob sie, nach tausend und mehr Jahren, immer noch grün sei und noch Menschen darauf ihr Dasein fristen. Wie es mit der kleinen Schweiz weitergegangen sei, wer oder was sie verschluckt habe, ob die gelbe oder die schwarze Rasse den Aufschwung zur Macht gefunden habe. Ob so etwas wie Befriedung des Menschengeschlechts im Lauf der Jahrtausende eingetreten sei und die Utopisten doch noch Recht bekommen hätten! Plötzlich steht Anna auf und sucht nach einem starken Knüppel. »Für den Fall, daß ein tollwütiger Fuchs uns begegnet«, sagt sie. »Tollwut?« frage ich erschreckt. »Gibt's die hier?«

»Man kann nie wissen!«

Der Knüppel in ihrer Hand veranlaßt mich, aufzuspringen und das Buch in der Tasche verschwinden zu lassen. Doch schon in der nächsten Lichtung vertrauen wir uns einem wundersamen Plätzchen an. Wieder macht mich der Zwischenhalt neugierig nach Frisch'schen Altersglossen. Ich muß es nutzen, daß jemand bei mir ist, mit dem zusammen ich sie verdauen kann. Da ist wiederum so eine Stelle, die ich Anna einfach vorlesen muß:

»Handelt es sich um Meinungen, so kann es dem Gezeichneten nicht entgehen, daß ihm immer weniger widersprochen wird. Das gibt ihm das Gefühl, eine Autorität zu sein – während die andern, die Jüngeren, in den Aschenbecher blicken und unter dem Tisch einen Hund streicheln, solange er redet.«

Wir lächeln betreten. Aber dann sage ich: »So etwas muß einer in Kauf nehmen, wenn er ein Max Frisch ist. Das passiert eben nur Autoritäten. Zum Glück bin ich keine. Vor mir nehmen sie kein Blatt vor den Mund und ich nicht vor ihnen. Jüngere streiten sich erbarmungslos mit mir. Das habe ich Frisch voraus. Wenn ich an die Streitgespräche mit meinen Enkeln denke!«

Anna hat da etwas andere Erfahrungen. Sie hört nicht mehr so gut und hat deshalb das Hundestreicheln schon oft erlebt.

Wie aber verhalten *wir* uns, wenn die Jungen drauflosschwatzen? Wir drehen weniger den Aschenbecher als den Knopf am Fernseher, wenn sie es gar so arg treiben mit ihrer Jugendlichkeit.

Doch weiter im Text! Wir hören Frisch gerne an. Er drückt sich bezaubernd launig aus, immer scharf der Wahrheit entlang.

»Hör dies! Für den Gezeichneten ist die Zukunft alles, wofür er nicht mehr in Frage kommt, eine Summe definitiver Unmöglichkeit (er wird nicht mehr Segelflieger werden, er wird die Landung auf dem Mars nicht mehr sehen, nicht einmal den neuen Hauptbahnhof in Zürich). Was sagst du hierzu?«

Anna: »Stimmt ja alles!«

»Wohl! Aber ist nicht für jedermann, ob alt oder jung, die Zukunft ein ungewisser Faktor? Selbst Gegenwart bietet sich immer nur als Wahlmenü an. Alles kann sich keiner auftischen lassen. Immerhin ist der Tisch auch mit 70, 80 heute und morgen noch reichlich gedeckt, sofern einer kein Fresser ist und nie genug bekommt. Zukunft ist morgen, ist übermorgen, die nächste Woche, Zukunft ist von einem Augenblick zum andern.«

»Lassen wir heute den Frisch!« meint die Freundin, »es ist zu schön hier, um streitsüchtig zu werden! Frisch hat das Rüstzeug zum Rechthaben, zum Irremachen, einen ins streitsüchtige Denken zu stoßen.«

»Aber ich darf doch Gegenstöße ausdenken. Niemand kann es mir verbieten! Doch recht hast du! Lassen wir jetzt den Frisch!«

So schweigen wir, überlassen uns den Sinnenfreuden des Alters. Mit den Augen raffen wir, soviel wir können, vom Grün und Gold aller Schattierungen, tauchen ins unergründlich hohe Blau; wir hören auf die sättigende Stille. Ein Lüftchen fächelt zart über die bloße Haut; die Sonne lockt wohliges Empfinden auf Handrücken und Arme; jeder Atemzug schenkt einen neuen Duft von Kräutern, Heu oder Harz. Und jetzt feiert auch noch der Gaumen, ich beiße ins weiche Weiß, ins goldene Dotter des Eis, der Saft des Pfirsichs läuft mir über die Finger. Eine Fülle von Appellen an die Sinne! Als Ganzes ein unbeschreibliches, nicht zu lokalisierendes Wohlgefühl! Wir sind weder alt noch jung, wir *sind* einfach, es ist eine Stunde vollkommenen Sinnenglücks!

Nationalfeiertag

Wie viele habe ich davon schon erlebt! Wie oft diesen Ersten August gefeiert? In allen Stimmungen. Manchmal ist er mir wie ein erzwungenes Fest vorgekommen, und ich habe es den Massen auf der Straße nicht recht glauben können, daß sie sich seines tieferen Grunds bewußt seien. Traute auch den gehobenen Reden und Leitartikeln zum Geburtstag des Vaterlandes nicht. Und tat damit wohl vielen Unrecht. Allen jenen, die da ihr Reisig zusammentrugen zu den Freudenfeuern. Den Kindern mit ihren Schweizerfähnchen und Lampions. Irgend etwas mußte doch Herzen und Herzchen erheben! Vielleicht waren sie alle vaterlandsfrömmer als ich.

Aber wie empfinde ich selber, altgeworden, es heute, das Nationalfest? Wie ist es jetzt mit meiner Vaterlandsliebe bestellt?

Zunächst der äußere Rahmen, innerhalb dessen die Gefühle dieses Tages in mir fließen. Der schöne Sommertag, der von vornherein Gefühle fördert. Mit ihnen ist auch Erinnern verwoben. In den vielen Jahren rückwärtsforschend, finde ich wenig Hochstimmung. Einige wenige Male nur war ich angesteckt vom allgemeinen Festwillen. Ein paar unauslöschliche »Erste-August-Bilder« sind vorhanden. Nur muß ich mich ehrlicherweise fragen, ob es da wirklich ums Vaterland ging. War es nicht bloß die das Erlebnis erhöhende Kulisse?

Auch heute ist es wieder dieser Hintergrund, der mich einstimmt. Ich bin heiter, wie es der Tag ist. Ja, sogar vergnügt. Eine Stimmung, die eigentlich nicht mehr zu meinem Alter paßt. Aber ich bin es, und es dauert. Vergnügt, das hat doch etwas mit »genug« zu tun. Mit Gesättigtsein. So empfinde ich heute.

Es begann, als mich die Tochter am frühen Nachmittag hierher, ins Haus am See, holte. Jetzt ruhe ich im Liegestuhl auf dem Rasenvorplatz, wo es herrlich kühl ist. Der See liegt blau und weit vor mir. Und da regt es sich plötzlich: eine heftige Liebe zu der Schönheit um mich. Das ist es, dein Vaterland! Aber ist das genug: Hingerissenheit um der Schönheit willen? Es gibt auch eine Liebe zu einem verwüsteten oder öden Vaterland...

Ein leichter Schlummer enthebt mich des Weiterdenkens. Als ich wieder zu mir komme, ist kaum ein Boot mehr auf dem See zu sehen. Der Himmel hat sich bedeckt. Am Ufer gegenüber blitzen bereits die Warnsignale in rhythmischen Abständen auf. Doch niemand läßt sich vom nahenden Gewitter bedrücken. Die ganze Großfamilie ist versammelt: die Großeltern, denen das Haus gehört, die Eltern, die Jugend. Der greise Großvater geht bedächtig, in sich gekehrt, hin und her, blickt von Zeit zu Zeit durch den Feldstecher und setzt sich dann zu mir. Da ich seiner Generation angehöre, spricht er gern mit mir über frühere Zeiten. Meist lasse ich mich willig einbeziehen ins Vergangene; heute jedoch leihe ich ihm nur halbes Ohr. Ich horche gleichzeitig auf die sich im Gras tummelnden Jungen. Auf ihre Laute, ihre Sprache, ihre derben Ausdrücke, wie sie in ihrem Alter nun einmal üblich sind. Und wieder packt es mich: meine Sprache, die Sprache der Meinen, die heimatliche Sprache, die vaterländische Sprache im engsten Sinn. Alle Sprachen sind schön, jede auf ihre Weise. Von der unseren sagen viele, sie sei es nicht; sie sei hart und gaumig. Aber ich liebe sie, wie eine Mutter auch ihr nicht gerade schönes Kind liebt; es klingt mir darin mehr an als in jeder andern Sprache. Was denn? Heimat – Mutter – Geborgenheit. Und da ist es schon wieder – Vaterland! Es hat wenig mit dem historisch Überlieferten zu tun, dessen man am heutigen Tag zu gedenken ermahnt wird. Die Zurufe der Buben lassen es mich ganz intensiv empfinden: Heimat – Zugehörigkeit...

Der alte Herr erzählt mir indessen vom Erwerb dieses Hauses. Damals sei es ein Wagnis gewesen, das halbzerfallene Gebäude zu kaufen, beileibe kein Geschäft. Aber er habe damit der in Not geratenen Besitzerin helfen können. Natürlich habe ihn auch der herrliche Platz zum Risiko verlockt, gibt er ehrlich zu. Viel habe es gekostet, das Haus zu dem zu machen, was es heute ist.

Zwischenhinein die fröhlichen Rufe der Enkel. Draußen wird der See immer unruhiger. Wie schnell das Wetter wechselt! Wandelbar wie das Schicksal der Dinge, auch der Orte, denen man zugehört. Die Zeitläufte werden das weitere Schicksal dieses Hauses am See bestimmen. Ich wage nicht zu hoffen, daß meine Enkel für alle Zukunft hier eine Heimat haben werden. Auch Heimat wandelt sich. Soll ich jetzt traurig werden? Vorläufig tummeln sie sich noch glücklich im See, weder hohen Wellengang noch Wetterleuchten fürchtend. Wenigstens werden sie Heimat einmal gekannt haben, mag kommen, was will. Sie springen von der Höhe, sie kraulen, sie tauchen. Ich beneide sie um ihr junges Körpergefühl, um die sichere Beherrschung des Elements. Wie sie sich befreien im großen tragenden Wasser! Sie sagen, es sei noch sauber hier. Aber gefährdet ist der ganze See. Unwissenheit und Unbekümmertheit sind zu lange frevlerisch mit Heimatgut umgegangen. Wo ist die Vaterlandsliebe, die Sorge tragen kann? Freudenfeuer, Feste sind noch lange nicht Verantwortung für Geliebtes.

Es ist nur eines jener klassischen Sommergewitter, kurz und harmlos, Kühlung bringend, entspannend und erleichternd. In kurzem bricht wieder die Sonne durch. Wir können im Freien essen, an der langen Tafel, vierzehn Personen, die älteste über achtzig, die jüngste just zwölf. Eine kurzweilige Runde. Wenn das nicht Heimat ist! Eine Gruppe von Menschen derselben Sprache, der leiblichen Zugehörigkeit durch Erbe und Vererbung, durch Ansässigkeit, gleiche Verwurzelung in Geburt, Land und – durch Herkommen, wollte ich denken und stutzte. Trifft das wirklich zu? Das mit dem Herkommen? Ist dieses Gebiet hier in Wahrheit seit erdenklichen Zeiten dieser Handvoll Menschen Vater- oder Mutterland? Sofern ich es selber weitergegeben habe, stimmt es: Dies ist das Land meiner Ahnen, so weit ich zurückblicke. Aber ich habe wieder einmal den Fehler begangen, nur von mir aus zu blicken; denn – was meine Enkel betrifft – welch bunte Mischung des Herkommens! Welch verschiedene Heimatgebiete, selbst Vaterländer, schleppt ihr Erbe mit! Zu einem Bruchteil nur, den auszurechnen ich im Augenblick nicht imstande bin, sind sie den luzernischen Landen zugehörig. Wenn ein Organismus Erinnerung hätte – und er hat ihn wahrscheinlich –, müßte der ihre sich auf die verschiedensten Ursprünge besinnen: auf die Wanderstationen der väterlichen Walservorfahren vor allem, aufs Puschlav und Bergell auch, ja auf Norditalien von anderer Seite her und auf deutsche Lande nahe dem Bodensee. Was heißt da »Vaterland« und Herkommen einer Familie? Bei dieser immerwährenden Völkerwanderung? Ist es dies auf eine einzige Lebensdauer gedrängte Stück Erde, das sie – wer weiß es – nur allzubald vertauschen werden? Vaterland ohne Seßhaftigkeit einer Sippe? Mir schwindelt. Und das eben gewonnene Vaterlandsgefühl will zerstieben vor dem Wissen um den ewigen Wandel. Und doch ist mir an diesem Tag so sehr daran gelegen, etwas festzuhalten von diesem schönen, bergenden Mythos »Vaterland«. Fast mit Traurigkeit stelle ich fest: Nur für mich allein in dieser ganzen Runde hat er Realität. Ich allein bin mit allen meinen erdenklichen Vorfahren hier ansässig und daheim gewesen. Ich allein kann sagen: »Hier ist mein Vaterland.«

Die Stunden verstreichen nun rasch bis zum Sonnenuntergang. Er ist so unerhört großartig, daß er jeden Zweifler am absolut Schönen widerlegen müßte. Und wo das Schöne so groß ist, möchte man »mein« sagen dürfen. Das Wort »mein Vaterland« geht dann leicht über die Lippen. Auch mir.

Langsam fällt die Nacht herein. Die Bergfeuer leuchten auf. Festlich beleuchtete Dampfer gleiten langsam seeaufwärts, einer hinter dem andern, voller Menschen, Fremder wohl in der Überzahl, der heute so geschätzten. Ich freue mich, daß sie an unserer Schönheit teilhaben dürfen. Und wenn ich mich in ihre Freude versetze, sind sie mir nicht mehr fremd. Sie sind mir Landsleute im Reich des Schönen. Nicht mehr Masse, die mich so leicht mit Widerwillen erfüllt. Ich bin im Frieden mit allem. Doch schon schieben sich Blitzlichter in mein Glück. Daß ich jetzt wieder anderes sehen muß, Spitäler mit Schwerkranken, an diesem herrlichen Abend, Gequälte, Einsame, Kinder in Angst! Daß ich doch nie, nie...

Aber da hallt der harte Schlag der Pingpongbälle zu mir herüber, das Lachen der Enkel und ihrer Vettern, die sich auf den Abend zugesellt haben. Sie sind stimuliert vom Festdessert, das auf dem Tisch auf sie wartet. Die Großmutter hat für Feuerwerk gesorgt. Die jungen Leute und Buben entzünden Raketen auf der Brüstung, hochauf schießen die bunten Sprühgarben. Die sich am meisten daran freut, ist die Spenderin selbst, die großmütterliche Hausherrin. Ihr trotz der hohen Siebzig noch junges, klingendes Lachen begleitet die Ausrufe der Knaben. Ich freue mich wie immer am Lachen dieser alten Frau, an diesem beifälligen gesunden Lachen, und wünsche insgeheim, sie möchte einen Teil ihrer Genußfreudigkeit meinen Enkeln vererbt haben.

Als nur noch die roten Lämpchen auf der Balustrade glimmen, ruft meine Tochter: »Ich gehe ins Dorf! Wer kommt mit?« Ich bin die einzige, die der Aufforderung folgt. Meine Füße sind leicht vor Freude, mit der Tochter durch die Nacht zu spazieren. Mit ihr, die längst anderen viel mehr zugehört als mir. Und durch was für eine Nacht! Überall voll Licht: Feuer von den Bergen her, ganze Kränze an den Bergstationen der Rigibahn und der Seilbahn. Drüben der goldene Stab des Bürgenstocklifts, mir von Kindheit an vertraut. Ein mächtiges Schweizerkreuz glüht zwischen den Bäumen, gleißend vor Weiße. In den Gärten am Weg Girlanden bunter Papierlaternen. An einem Ort sind sie hoch in die Zweige eines Baumes gesteckt, man wähnt in zauberhaft Fremdes zu blicken. Auf dem Festplatz vor dem Schulhaus noch mehr Lichter, Blasmusik und viel Volk. Kinder in Trachten, schon müde Kleinkinder und ein paar nervöse Mütter, denen das Zubettbringen der Kleinen noch bevorsteht und denen der Lichtzauber und Festbetrieb andere Wünsche ins Blut geschossen hat. – Nun fängt es an, Masse zu werden; wir wenden uns heimwärts. Unterwegs finden wir ein kostbares Spitzentuch, das ein Trachtenmädchen verloren hat. Wir können es der Glücklichen später zurückerstatten.

Aus einem Lautsprecher klingt es: »O mein Heimatland, o mein Vaterland, wie so innig feurig lieb ich dich…« Die Melodie hat immer noch etwas Suggestives für mich, ich glaube ihr mehr als dem

Text. Ich summe leise mit, breche plötzlich ab, als ertappe ich mich, als Ketzerin ein Gebet sprechend. Liebe ich denn mein Vaterland nicht, das doch richtig das meine ist? In seiner sichtbaren und geistigen Gestalt! Hier habe ich fast mein ganzes Leben verbracht. Es gibt Bindungen, die durch Gewöhnung unzerstörbar geworden sind. Und Liebe ist zum großen Teil Gewöhnung. – Geborgenheit hat mir das Land in seiner ihm möglichen Weise gegeben, auf mannigfache Art, die mir nicht einmal immer bewußt war. Geborgenheit, die nie vollkommene, vom Sinn der Entwicklung aus vielleicht auch gar nicht gewollte, und die der Mensch doch braucht und immer sucht. Selbst dann, wenn er von Zeit zu Zeit daraus ausbrechen will – ins Abenteuer, ins vermeintlich Freiere, ins ganz Freie, das es doch nirgends gibt. Aber ich kann mein Land nicht im Lied anbeten; ich will ihm zwanglos zugetan sein dürfen, es auf meine persönlichste Art schätzen, ihm dankbar sein; denn ich habe nie gehört oder gesehen, daß es sich anderswo besser und freiheitlicher leben läßt.

Sollte es in ferner Zukunft einmal gelingen, ein Gestirn zu erreichen, in welchem es vollkommenere Freiheit und großartiger angelegte Menschen gäbe, dem Frieden im großen und im kleinen besser angepaßt? Aber wären dies dann Menschen?

Des Treibens müde?

Beim Mittagessen habe ich – wie meist – die Zeitungen gelesen. Sicher ist das nicht günstig für die Verdauung, aber immer noch besser als das Alleinsein. Es kommt mir so sinnlos vor, daß ich esse. Soll einer, der allein ist, überhaupt essen? Die Speisen in sich hineinschieben, nur damit er für sich allein weiterlebt? Nie erscheint mir das Alleinsein unnatürlicher als beim Essen. Lesen gibt mir das Gefühl, an etwas außer mir teilzuhaben, Gemeinschaft zu teilen, wenn auch nur im übertragenen Sinn.

Ich stelle die Zeitung gefaltet an einer Vase oder Flasche auf. Erbaulich wirkt die Lektüre selten. Überall Krieg in mehr oder weniger versteckter Form. Ist etwa dieses gegenseitige Morden in Irland nicht Krieg? Wie soll man das, was im Nahen Osten oder im Iran geschieht, nennen, wenn nicht Krieg?

Mich regen diese Schreckensmeldungen auf. Meine Kinder nehmen es viel gelassener. Sie sind abgebrühter als die Mutter, die zwei Weltkriege mit angesehen hat.

Keines glaubt an eine von Aggressionen befreite künftige Menschheit. Sie lächeln, wenn ich ihnen von den Vorträgen Professor P.s erzähle, der mit Hilfe einer die Aggressionen abbauenden Erziehung ein Gesellschaftssystem anstrebt, in dem es besänftigte Menschen geben soll. Meine Tochter sieht mit Gelassenheit zu – wenn auch nicht gerade erfreut –, wie ihre beiden Buben sich am Sonntagnachmittag prügeln und anschreien, und der eine den weniger Angriffslustigen traktiert, beinahe wie Kain den Abel. »Sie wollen ihren Machttrieb austoben«, stellt sie ruhig fest.

Ich argumentiere bekümmert, wiederum unter Zuhilfenahme von Professor P.s Worten. »Sie vertragen den Sonntagnachmittag in der dargebotenen Form nicht. Sonntag hin oder her, Knaben ihres Alters gehören in der Mußezeit ins Freie!« Doch zugleich weiß ich, daß es nie ein Leben geben wird ohne unangepaßte Sonntagnachmittage. Habe ich nicht kürzlich von einem Psychologen, dem man einen unter den Angriffen älterer Buben leidenden Siebenjährigen zur Beratung zuführte, den lapidaren Ausspruch gehört: »Er muß sich halt wehren lernen!« Werden Leute wie Professor P. fertigbringen, was zweitausend Jahren Christentum nicht gelang? Wird es immer Wölfe und Schafe geben? Und sollen wir zu Lämmern werden, damit uns die Wölfe verzehren? Solche Einsichten betrüben mich. Sie könnten mich verleiten, Goethes Worte zu wiederholen: »Ach, ich bin des Treibens müde ...« Er war alt, als er dies aussprach, alt wie ich.

Meine Kinder sagen dergleichen nicht, und ich bin froh für sie. So sehr sie im Getriebe auch aufgewirbelt werden, sie sind es nicht leid. Manchmal hat es sogar den Anschein, als hätten sie geradezu Spaß daran.

Ist es der Unterschied zwischen alt und jung, daß beide den Kampf anders empfinden. Oder ist dies so, weil meine Kinder und Enkel nie allein am Tisch sitzen, wenn sie essen.

Die Stimmung geht auch bei mir vorüber, verfliegt wie ein kleines Unwohlsein. Treiben und Wirbel stellen sich ein – diesmal heilsam. Sie kommen durch die Tür, durchs Telefon, durch die Post. Obschon ich manchmal fürchte, mich ihm auszusetzen, läßt es mich nicht im Stich, dieses körpernahe, mir zugeteilte Treiben. Es ist das Leben, ich bin seiner gar nicht müde. Nur der Durchblick in das große, in der Welt wütende Treiben der Aggression, der lastet manchmal schwer. Aber dann hole ich mir die letzten Rosen aus dem Garten und die letzten lilafarbenen Hortensien. Der leuchtende Busch bringt mir etwas ins Wohnzimmer, das mich erhellt. Erinnerung? Oder ist es der Abglanz jenes Lebensabschnitts, der weitab von Aggressionen und Machtkampf lag?

Man sollte zuweilen Blumen oder sonst etwas Schönes vor jenes Häßliche stellen!

Glückliches Alter?

Glückliches Alter? Das ist jetzt ein Slogan. In der Presse, auf dem Bildschirm kann man ihm fast täglich begegnen. Die Alten nehmen ihn geduldig an, mit Hintergedanken und Hintergefühlen.

Im Fernsehen zeigt man gelegentlich auch »unglückliches Alter«. Versteinerte, stumpfbrütende Gestalten in Altersheimen; verloren sich hinschleppende Figuren im Straßenbild, in Einkaufszentren. Daraufhin besprechen Fürsorger, Ärzte, Psychologen, Soziologen, wie man solches verhüten könnte, zerreden es bis an den Rand der Wahrheit. Es kommen auch Leute zu Wort, die noch weiten Abstand vom Alter haben. Gehemmt und verlegen äußern sie sich zum Ärgernis. Zehren sie von der Hoffnung, daß ihr Lebensfaden abbreche, bevor es zu solchem Verenden kommen könnte?

Ich meine, das Wort »glücklich« wäre für jedes Lebensalter mit Vorsicht zu gebrauchen. Soll nun der Begriff »Glück« ausgerechnet dem Alter aufgedrängt werden? Dieser Zustand, der so zerbrechlich, so gefährdet ist, daß ihn die Weisen kaum beim Namen zu nennen wagten! Dennoch – wie sollte dieses stetige Streben der Menschen nach den großen und kleinen Inseln der Freude und des Glücks im Alter abgestorben sein? Gehört nicht die Hoffnung auf das Gute und Bessere zum Leben wie das Atmen?

Ich selbst bin alt an Jahren und Erfahrung und sammle doch immer wieder die glänzenden Splitter von Hoffnung und Freude. Immer wieder darf ich da und dort vom karg gesäten Glück pflücken, wenn auch niemals so, als wäre der Lebensabend nun ein Erdbeerschlag. Und immer wieder ist jeder Fund befragte Freude und befragtes Wertstück. Aber es ist keineswegs aus mit der Freude. Es gibt sie noch immer – und reichlich. Es macht mir keine Mühe, hundert Gelegenheiten aufzuzählen. Soll ich einmal mitten in die Zufälle von Freude hineingreifen? Ich will es wagen.

Ich freue mich, wenn ich mich angenommen fühle, wie ich bin.

Ich freue mich, wenn ich anderen ein wenig Lebenskraft vermitteln oder in einer wesentlichen Sache helfen kann, und ganz besonders, wenn diese Hilfe den anderen nicht schwächt.

Ich freue mich, wenn meine Leistungen anerkannt werden und man sie mir gönnt.

Ich freue mich, wenn ich mich bewährt habe in einer schwierigen Sache, die ich mir anfänglich gar nicht zutraute.

Ich freue mich, wenn meine Nachkommen sich lebenstüchtig zeigen und mir ihren gesunden Mut ausdrücken: »Wir leben gern!«

Ich freue mich, wenn ich mit gleichgestimmten

Partnern, die mir aber im Denken überlegen sind, ein offenes Gespräch führen darf.

Ich freue mich an Büchern; denn Schriftsteller aller Zeiten gehören zu meinen liebsten und allzeit zugänglichen Gästen.

Ich freue mich, wenn es im Frühling sprießt und blüht, die Natur sich darauf zur Sommerfülle wandelt und im Herbst zur Fruchtbarkeit und dann die Kraft der Erde sich ins Geheime zurückzieht und doch Erneuerung verspricht.

Ich freue mich jederzeit am Wandern, wo es auch sei, am meisten durch Wälder und an Gewässern.

Ich freue mich an der Berührung der Sinne durch Düfte, Farben, Naturlaute, Stille, prickelnde Kälte, Regen, Nebel, Schnee.

Ich freue mich an guten Wandergefährten, die zu reden und zu schweigen verstehen.

Ich freue mich am Reisen, wenn die Fremde mir neue Sichten erschließt, kleine Stücke dieser nie zu bewältigenden Ganzheit der Erde.

Ich freue mich, wenn mich Musik anrührt, so daß ich denke: Würde sie nur nie aufhören!

Ich freue mich – und dies ist eine der größten Freuden –, wenn ich einen kurzen Augenblick lang glaube, Öffnung zur Wahrheit hin habe sich aufgetan, durch irgendein Medium: ein Wort, ein Kunstwerk, eine Tat – eine demütige, nicht selbstsichere Annäherung an Wahrheit.

Das sind die großen, Sinn erschließenden Glückserlebnisse meiner dem Ende zueilenden Tage. Ich will aber auch zu den kleinen, banalen Freudeempfindungen stehen. Ich freue mich, wenn ich zum Beispiel so richtig gut geschlafen und dabei vielleicht einen befreienden Traum erlebt habe (was enthalten doch Träume für Glücksmöglichkeiten!); wenn mein Hauswesen wieder einmal hübsch geordnet ist, Pulte von Ballast befreit, Kasten neu geräumt, mir alles wieder übersichtlich zur Verfügung steht und frischer Duft die Zimmer durchzieht; wenn meine persönliche Habe angenehm bereichert oder erneuert wird, etwa durch einen kunstvollen oder praktischen Gegenstand oder ein Kleid, von dem ich finde, es stehe mir. Immer wieder freue ich mich über Besuche und Anrufe von guten und tapferen Freunden, hauptsächlich von Kindern und Enkeln...

So könnte ich fortfahren, und ich müßte zu hören bekommen: »Also doch glückliches Alter?« Aber trotz dieses reichen Registers wage ich das Wort nicht auszusprechen. Denn jeder dieser einzelnen Glücks-Momente ist anfällig, kann ausfallen oder ins Gegenteil umschlagen. Ich könnte ebensogut aufzählen, wann und warum ich manchmal unglücklich und freudlos bin. Denn die Schatten sind stets auf der Lauer. Von einem Augenblick zum andern können sie Lichtungen verdunkeln. Und immer wieder muß der Mut aufgerufen werden, im

Alter so gut wie zu jeder anderen Lebenszeit. Es darf kein Müdewerden zur Freude geben. Die Nachtseiten müssen immer wieder durchlitten werden, bis an die Grenze, an der es dann nur noch das tapfere Lächeln dem Tod entgegen gibt.

Autobiographisches im dtv großdruck

Ilse Gräfin von Bredow:
Kartoffeln mit Stippe
Eine Kindheit in der märkischen Heide
dtv 25081

Ernst Heimeran:
Der Vater und sein erstes Kind
dtv 25063
Grundstück gesucht
dtv 25066

Ruth Klüger:
weiter leben
Eine Jugend
dtv 25106

Hans Werner Richter:
Reisen durch meine Zeit
dtv 25097

Maria Simmen:
Ich bin ganz gerne alt
dtv 25091
So alt und noch mitten im Leben
dtv 25109

Vilma Sturm:
Alte Tage
dtv 25049

Karl Heinrich Waggerl:
Das Lebenshaus
dtv 25007
Die Pfingstreise
dtv 25039

Anna Wimschneider:
Herbstmilch
Lebenserinnerungen einer Bäuerin
dtv 25059

Carl Zuckmayer:
Henndorfer Pastorale
dtv 25105